自殺プロデュース

山田悠介

幻冬舎

自殺プロデュース

イラスト　菅野裕美

ブックデザイン　鈴木成一デザイン室

プロローグ

　そっと右足を一歩前に出して、コンクリートの階段を一段上る。たったそれだけの動作なのに心臓が震え、足がふらつき壁に手をついた。一息吐《つ》いて、少し落ち着いたらまた右足を出して更に一段上がった。両足が揃うと再び右足を前に出した。

　まだ自分一人では歩けない子供のように、一段一段慎重に、確かめるようにゆっくりと階段を上っていく。こんな調子では最上階に着くまでかなりの時間を要するだろう。でもあえてエレベーターは使わない。今上っている階段は幼い頃母さんと何度も上り下りした階段だからたくさん思い出が詰まっている。昔を思い出しながら一段また一段と上っていく。

建物は五階が最上階だが、笹野伸吾は五階に着いても住居の方には進まず、『立ち入り禁止』という看板が貼られた鉄柵の前に立った。『立ち入り禁止』という割には簡単に乗り越えられるようになっている。笹野はジャンプして右足をかけた。次に右手を伸ばしたが指がうまくかからずバランスを崩して背中から落ちた。

真夜中なので見えにくいのもあるが、魂が抜けきってしまっているかのように、思うように力が入らない。身体《からだ》が震えているのも寒さのせいではない。人が見たら今の顔は死人のように青白く変色しているであろう。

笹野は起きあがるともう一度鉄柵に足をかけて手を伸ばした。今度はしっかりと両腕に力を入れて重たい身体を持ち上げた。そして鉄柵を乗り越えて屋上に続く階段を上っていく。

ぽつぽつと星の出ている空を見上げると母さんの顔が浮かんだ。

母さんは空の向こうから、これ以上行くな！　今すぐ引き返しなさい！　まだやり直せるから！　って必死に叫んでいるだろう。或《あ》いは息子の覚悟を知ってただ泣いているだけかもしれない。

ごめんよ母さん。でも俺は引き返すつもりはないよ。もう決めたんだ。

それより母さん、本当に懐かしいよなあ。二十二年ぶりくらいにここに来たけど、当時と比べて随分綺麗になったよな。でも一階の集合ポストとか玄関ドアとかは当時のままだったよ。それを見て、こんな時だっていうのになんか嬉しい気持ちになったよ。

母さんは初めてここに来た日のこと憶えているかい？　あの時は大変だったからそんな余裕なんてなかったか。ここに越してきたのは、いや逃げてきたのは小学三年生の七月だったよな……。

あんなに仕事に真面目で家族に優しかった父が、ある日取引先の知人に騙《だま》され（これは母さんから聞いた話だから詳しい内容は分からないけれど）、それがきっかけで事業に失敗してしまい、それからというもの、人が変わってしまったかのようにギャンブルにのめりこむようになって、夜は酒ばかり飲んで家族に暴力を振るうようになった。当時は本気で悪魔に取り憑《つ》かれてしまったのではないかと思ったくらいだ。

町の闇金に手を出してからは地獄だった。昼夜問わず暴力団が家に押しかけてきてしつこく返済を迫り、酷《ひど》い時には家の中を滅茶苦茶にしていった。父は暴力団の前ではへこへこと頭を下げ、殴られるとすぐに土下座して謝った。柱の陰からその様子を見ていたが父が哀れでならなかった。この頃から父を父とは思えなくなっていた。

暴力団はわざと外にまで聞こえるくらい大きな声で叫ぶので、近所の住人からは白い目で見られるようになり、町中に噂《うわさ》が広がると今度は学校のクラスメイトからいじめにあった。だから家にいても外に出ても学校に行っても、いつも怯《おび》えていた気がする。

事業が失敗した当初は、母さんは落ちぶれた父を何とか立ち直らせようと頑張っていたが、父の暴力と暴力団の執拗《しつよう》な嫌がらせに耐えられなくなり、幼い自分を連れて家を飛び出し、祖父からお金を借りてこのマンションの小さな一室を借りた。わずか二十五平米ほどだったが、最初はほとんど家具家電なんてなかったし、当時はまだ子供だったから、むしろ部屋が広々としていて嬉しかった。

何よりここなら暴力団は来ないし、学校も変わるのでいじめにもあわない。これでやっと普通の生活に戻れると心底安心した。もう二度とあんな家には戻りたくなかったし、父にも会いたくなかった。

慣れない町ではあったけれど母さんはすぐに職を見つけて自分のために毎日夜まで働いてくれた。それでも生活が苦しかったのだろう、翌月にはスナックに働きに出ていた。そうなると帰ってくるのは決まって夜中になった。学校から帰っても一人の時間が多かったから寂しい毎日だったが、そのかわり休みの日は目一杯遊んでもらった。一番の楽しみは一緒にジブリアニメのビデオを観《み》ることだった。宮崎駿《はやお》の描く作品はどれもキャラクターが個性的で親しみやすく、独特の世界観ではあるがどの作品も未来への希望に満ちあふれていた。どれも面白い話ばかりだったが、特に『天空の城ラピュタ』が大好きだった。主人公パズーになりきって、シータ役の母さんを見えない敵から助けるというラピュタごっこをよくやった。

当時はまだ作品数が少なかったから一つの作品を何回も繰り返して観た。今でも内容はもちろん、場面によっては台詞《せりふ》も憶えているくらいだ。

あの頃は何度観ても飽きなかったが母さんは本当はどうだったろう。でも母さんは決して飽きた様子は見せずいつも最後まで楽しそうに付き合ってくれた。些細《ささい》なことだがそれはとても嬉しいことだった。

母さんと二人で暮らし始めてから一年くらいが経《た》った頃、確か夏休みの宿題にうんざりしていた時だったと思う。ジブリの新作が映画館で公開するという情報を友達から教えてもらって大興奮した。身体中が熱くなったのを今でも憶えている。仕事から帰ってきた母さんにそれを教えると、じゃあ次の休みは新作ジブリを観に行こうと約束してくれた。それからというもの勉強も家事も手につかず、寝ても覚めても頭の中はジブリのことばかりで、次の作品はどんな物語だろう、どんなキャラクターたちが登場するのだろうって想像しながら次の休みを心待ちにしていた。

——だが、大人になった今でもその新作がどんな内容なのか知らない。

母さんと一緒に新作ジブリを観ることができなかったからだ。母さんは約束の前日、忽《こつ》然《ぜん》と姿を消した。


母さんが隣町の山林から遺体で発見されたのはそれから一週間後のことだった。あまりに突然の報《しら》せだったから頭が真っ白になってしまって、最初は祖父の言っている意味がよく理解できなかった。病院に駆けつけると霊安室に母さんが仰向《あおむ》けで寝ていて、息をしていないヒンヤリと冷たくなった母さんを見て初めて死を理解した。

死因は事故でも他殺でもなく自殺だった。木にロープを縛り付けて首を吊ったのだ。首が伸びてまるで砂時計のような形に変形していた。祖父はただ、お母さんが自殺した、としか言わず、自殺の動機等は教えてくれなかった。だがその後のニュースで腹や背中に軽い青痣《あおあざ》ができていたことを知った。それと腕にいくつもの注射のあとが残っていたことも。まだ子供だったから気づかなかっただけなのか、生前母さんに変わった様子はなかった。それに祖父は相変わらず何も教えてくれなかったから当時は思いつきもしなかったが、恐らく母さんには男がいたんだと思う。確証はないがそんな気がする。昼の食品工場で出会ったのか、それとも夜のスナックで知り合ったのかは分からない。確かなのは、母さんは自ら覚醒剤に手を出すような人ではなかったということだ。交際していた男が母さんに覚醒剤を渡して打たせていたのだ。腹や背中の青痣もその男の暴力によるものに違いない。

恐らくその男と何らかの大きなトラブルがあって母さんは自殺したのだと思う。そうでなければたった一人の子供を残して自殺するはずがない。

確かに母さんは疲れていた。

毎日朝から夜遅くまで仕事をして、帰ったら家のことや子供の面倒を見なければならないのだ。それはもうクタクタだったと思う。でもそれだけで自殺するような弱い人ではなかった。

やはり一人の男が母さんの人生を狂わせたんだ。

仕事と家事と子育てで心身ともに疲れていた時、心を許せる男性と出会った。その時は運命の出会いだと思ったかもしれない。第二の人生とまでは言わないが、再び人生に花が咲いたようになり、仕事や生活が苦しくても充実した毎日を送っていた。もしかしたら再婚も考えていたかもしれない。しかし気づいたら覚醒剤という泥沼地獄から抜け出せなくなっており、最後は信頼していた男にすら何らかの形で裏切られた……。

全てが崩壊した瞬間張っていた糸がふと切れてしまったんだろう。そしたら何もかもがどうでもよくなってしまったんだ。

当時は母さんの自殺が全く理解できなかった。自分を置いて死んだ母さんを恨んだりもした。何勝手に死んでんだよって、母さんが抱えていた心の痛みや苦しみなんて考えようともしなかった。

ごめん母さん。

でも今はそんな風には思っていないよ。

今は、自ら命を絶った母さんの気持ちが分かるよ。母さんとは事情が違うけど、俺も同じだよ。俺も何もかも、生きることすら嫌になってしまったんだよ。だから死ぬことに決めたんだ。

屋上の金網に歩みを進めていくと急に涙が溢《あふ》れてきた。もう少しで楽になれるから泣く必要なんてないのに、拭《ぬぐ》っても拭っても溢れてくる。

なあ母さん、どうして俺たちばかりこんな不幸な目にあわなきゃいけないんだろうな。不公平だと思わないか？　今まで一生懸命やってきたんだ。あともう少しで本当の幸せを摑《つか》めたのに……。

母さんが生きている頃は宮崎アニメに影響されて自分も漫画家になりたいって密かに思ってた。でも母さんが死んでからは絵も描かないようになった。もっとも才能なんてなかったから漫画家になんてなれるはずなかったのだけど。

他に特にやりたいことなんてなかったから、別に将来の夢もなく学校生活を送っていたのだが、高校三年の時に車の免許を取ったのがきっかけで車関係の仕事に興味を持つようになった。母の死後、何を見ても何をやっても冷めた感情しか抱《いだ》かなかったのに、車を運転している時はもちろん、珍しい車を見ただけで胸が騒いで熱くなった。特にヨコハマ自動車の車が好きだったから、将来はヨコハマ自動車で仕事をしたいと夢を抱いた。

　高校卒業後、本牧自動車専門学校に入学し、知識と技術を身につけた。そして二年後契約社員ではあるが念願のヨコハマ自動車に就職することができた。配属は希望通り四輪生産部門だった。仕事場は千葉の工場で、車の修理と整備が主な仕事だった。毎日が新鮮で充実していた。それから三年後京都に異動になり、五年後に地元の神奈川に戻ってきた。そこで当時事務員として働いていた蒲田愛子と知り合い、ほどなく交際が始まった。彼女の方はもう三十歳を超えていたし、自分ももうじき三十路《みそじ》を迎える年だったからお互い結婚を意識して付き合っていた。幼い頃は複雑な家庭環境で育ち、暗い過去を持っている、そんな僕でも幸せな家庭を築けるんだなと安心した。その後も公私ともに順調で、あと一歩で本当の幸せを摑めるはずだった。

　でも十日前、今まで築き上げてきた全てが崩壊した。

　昨年末からの大不況で全自動車メーカーは大打撃を受け、ヨコハマ自動車は大量の人員整理を行うことを発表し、ほどなく全契約社員を解雇することを決定した。

　解雇通告が言い渡された瞬間目の前が真っ暗になった。何かの間違いだろうと思った。ヨコハマ自動車の車が大好きだからこの十二年間転職もせず尽くしてきたのだ。なのに会社はゴミのように簡単に自分たちを捨てたのである。

今回の解雇通告を受け各地の契約社員たちが本社に集結し、不当解雇だと抗議し、解雇撤回を要求した。しかし会社は話し合いにすら応じてくれなかった。今後も話し合うつもりはないだろう。結局クビを切られた契約社員たちが泣き寝入りして騒動は幕を下ろすことになりそうだ。

契約打ち切りまであと二日と迫り他の契約社員たちはじたばたしているようだが、自分にはもう関係のないことだ。

忠誠を尽くしてきた会社からの解雇通告も大きな理由の一つだが、死を決意させたのは解雇された直後の彼女の裏切りだった。会社の決定を知った彼女は夜中に電話をしてきて、無職になった人とは結婚できないから別れましょう、と言って一方的に電話を切った。

想像していた言葉とは正反対だったからしばらく茫然《ぼうぜん》となった。本当に今のは愛子だったのかと疑うくらい声も態度も別人だった。納得がいかず電話をかけたがすでに着信拒否されていた。瞬間俺は騙されていたのではないかと思った。なぜなら一ヶ月前彼女の誕生日に三十万もする指輪を買っていたのだ……。いいやそんなはずはないとすぐに悪い想像を振りはらってもう一度携帯を握り直した。

彼女の言動が信じられなくて今度は彼女の友人に電話をかけた。そしたら待ってましたとばかりにすぐに出て、愛子にはもう一人好きな人がいたことを告げられた。どうやら最近出会った人らしく、その男とどっちを取ろうかずっと迷っていたというのだ。

怒りや悲しみを通り越してただ脱力した。事実を知った瞬間何もかも終わったと思った。職を失い、結婚間近だった彼女も失った。残ったのは先月買った指輪のローンだけだ。こんな俺にはもう生きる意味なんてないと思った。早く死んで何もかも忘れて楽になりたいと思った。

母さんはきっと、まだ三十そこそこなんだからいくらでもやり直せると思っているだろう。でももう無理だよ。大切なものを全て失った今、生きる気力なんて残っていない。

仮に頑張ったってこれから新しい職なんてないし、金がないからこれからはネットカフェ暮らしだろう。最悪ホームレスだ。そんな惨めな思いをするくらいならリセット押した方がずっと楽だよ。生まれ変わった方がもっとましな人生歩めるよ。

でもすぐに死ねなかったのは、正直言うと一人で死ぬのが怖かったからなんだ。だから……。

金網の前に立った俺は振り返った。すぐ後ろに六人の女性たちが立っている。一人は夕キシード姿だが、他の五人は皆黒いドレスを着ている。屋上に上がった時はまだマンションの一階にいたはずなのに、いつのまにかここまで辿《たど》り着いていたからびっくりした。まるで幽霊のようにスーッと現れた感じだ。

タキシードの彼女に会うのは二度目だが、他の五人とは初対面だった。初めて会った時年齢はあえて聞かなかったが、他の五人が恐らく高校生か大学生だから、彼女もまだ学生なのだろうか。

そうとは思えない色気がある。思わず見とれてしまうほどの美しさだ。後ろの五人が気の毒に思えるくらい。

彼女と目が合って視線を一瞬そらしたがやっぱり見てしまう。化粧のせいだろうか男を惑わすような妙な妖艶《ようえん》さが漂っている。彼女が目の前にいるだけで緊張した。

彼女がタクトを持っているということはやはり彼女がこのグループのリーダーなのだろう。

指揮者である彼女の後ろにはバイオリンが一人、二人。それとフルートに……他の楽器の名前は分からない。このような弦楽器や木管楽器を使って演奏するのをオーケストラというのだろうか。数は少ないが皆ドレスアップしているから立派な演奏隊に見える。すでに準備は整っているようだった。

見ているかい、母さん。

彼女たちは俺が死にたいのを知ってやってきてくれたんだよ。

彼女たちはこれから生演奏で俺の最期を飾ってくれる。どうせ死ぬなら美しく華麗に死にたいだろ?

最初指揮者の彼女は別の場所を提案してきたけど、俺はどうしても母さんと暮らしたこの場所で、思い出のあの曲を聴いて死にたかったんだ……。

「私どもは準備できましたが、そろそろよろしいですか?」

指揮者は丁寧に言った。透き通った綺麗な声だった。振り返って頷《うなず》くと笹野は金網をよじ登り向こう側へ立った。強風が吹いたら落ちてしまいそうなくらいの幅だから、金網を摑んでいないと立っていられなかった。

「お願いします」

笹野はか細い声で言った。指揮者は頷いて演奏隊に身体を向けるとタクトをすっと上げた。その瞬間あれほど強かった風がぴたりと止んだ。まるで空も耳を澄ましているようだった。

指揮者が静かにタクトを下ろすと二人のバイオリン奏者がアニメ「天空の城ラピュタ」の『君をのせて』を奏で始めた。最初はバイオリンの独奏だったが、指揮者が左手で合図すると、フルート、そして他の楽器も続く。

笹野はそっと目を閉じた。耳に心地よい綺麗な音色が心を落ち着かせる。

母さん、聴いているかい？

懐かしいだろう？　この音楽を聴くと今でも主人公パズーになりきってしまうよ。母さんがシータになって、よくラピュタごっこしたよな。

サビに近づくにつれて指揮者の身体の動きも段々大きくなる。それに応えるように他の演奏者と競い合うように五人は熱を込めて演奏する。笹野は無意識のうちに歌詞を口ずさんでいた。

曲の盛り上がりで笹野は興奮したように、目を閉じたまま彼女たちの生演奏に酔いしれた。

終盤を迎え指揮者の動きが徐々に小さくなっていく。やがてタクトを下ろした。オーケストラ用に編集された約五分の演奏が、終わった。

笹野は目を開けて金網を摑みながら彼女たちに拍手を送った。人数は少ないが胸に響く素晴らしい演奏だった。まだ彼の胸はどきどきしている。

六人は演奏終了後も無表情のままだったが深くお辞儀した。そのお辞儀には色々な意味が含まれているようだった。

笹野は感動した声でお礼を言った。

「ありがとうございました。とても素晴らしい演奏でした。そうだ、生まれ変わったら音楽家もいいですね」

彼女たちは無言のままだった。それが笹野には少し寂しかったが、彼は星の出ている空を見上げると、目一杯空気を吸い込んだ。

昨日までの自分が嘘のように今とてもいい気分だ。景色も演奏前と全然違って見えた。最後にラピュタの生演奏を聴けるなんてとても満足している。自分なんかのためにここまでしてくれて本当に感謝しています。

母さん、彼女たちのおかげで次の人生はよくなりそうだよ。母さんもそう思うだろ?

笹野は飛び降りる直前、指揮者にも聞いてみた。

「来世はきっと、いい人生ですよね」

彼女は色っぽい目つきで答えた。

「ええ、もちろんですわ」

それを聞いた笹野は安心した。少しの躊躇《ためら》いもなく、鳥が羽ばたくように彼は両手を広げて飛んだ。


マンションの駐輪場に血を流して倒れている笹野を六人は囲んだ。自殺したとは思えないほど晴れやかな表情をしている。皆楽器を肩に提げ、一人はクマのぬいぐるみを愛撫《あいぶ》し、一人は高揚を抑えきれず自らの手の甲をカッターで切り刻み、一人はただじっと死体を見下ろし、一人はカメラのシャッターを切り、一人は指揮者に尊敬の眼差《まなざ》しを向け、そしてその指揮者は美しく微笑した。

「では行きましょうか」

指揮者は柔らかい声で言った。六人は死体をそのままにして、近くに停めてあったバンに乗り込んだ。赤いテールランプがつき、バンは闇に消えていった。

1

大学の演奏部の練習が終わると、私たちは大学から少し離れた「珈琲館」というさびれた喫茶店に集まった。ミーティングはいつもここと決まっている。私はそわそわしながら時計を見た。ちょうど午後五時を回ったところだった。

店のすぐ外で足音が聞こえ私は扉に素早く視線を向けた。すらりとした人影が立ち、ゆっくり扉が開かれた。

私たちより少し遅れて真理乃様がいらっしゃった。演奏部の部長でもないのに今度老人ホームで行われる演奏会の確認を顧問の先生とされていたのだ。真理乃様は純粋に音楽がお好きなんだなって私は感心します。

真理乃様は弦楽器ならバイオリン、チェロ、木管楽器ならクラリネット、金管楽器ならホルン、と様々な楽器が扱える。演奏部ではバイオリンを担当されてらっしゃるので、同じバイオリン奏者の私はいつも勉強させていただいている。でも私にとって真理乃様のパートはあくまで指揮者だ。大学の演奏部のほとんどのメンバーはその姿を知らない。真理乃様は私たちにしかその顔をお見せにならないから。つまり『裏の活動』でしかタクトをお持ちにならないのだ。それはそう頻繁にあることではないが、笹野伸吾の最期を見届けてまだ一週間しか経っていないというのに、ここに集合をかけられたということはまた真理乃様がタクトを持つ時が来られたということだ。

「お待たせ」

挨拶のされ方、椅子の座り方、一つひとつの動作に品があってなんか格好いい。長い黒髪が揺れた時にシャンプーのいい香りがして私はうっとりとなった。

「この前はお疲れ様」

真理乃様は笹野伸吾の時のことを言っておられるのだった。

真理乃様とは毎日のように演奏部で顔を合わせるが、そこでは決して『裏の活動』の話はしない決まりだった。

真理乃様は満足そうな表情で仰《おっしゃ》った。

「みんないい演奏だったわ」

真理乃様がそう言ってくださったので私は安心した。もしかしたら下手だと怒られるのではないかとびくびくしていたのだ。

「ただ植田さん、あなたはもう少し自分の音を表現できるようになるといいわね。それとサビに入る時、微妙にリズムがずれたわよ」

真理乃様の話し方は穏やかだが迫力があった。

指摘されたファーストバイオリンの植田沙百合はすみませんと謝った。彼女は二年だから私より年も上だし、経験も豊富なのにいつも真理乃様に叱《しか》られてばかりいる。

「いい？　植田さん。私たちは自ら命を絶つ方たちに、美しく〝良い死〟を迎えてもらうのが役目なのよ。それをもっと自覚してもらわないとね」

植田は返事をしなかった。

「白川さん」

いきなり真理乃様に呼ばれた私は背中に鉄の棒を通されたようにピンとなった。

「あなたはなかなかよかったわ。前より緊張がとれて、伸び伸び演奏できたわね。とても三度目とは思えないくらい、綺麗な音を奏でていたわ」

真理乃様に最高の誉め言葉をいただいた私はもう嬉しくて嬉しくてあたふたしてしまった。

真理乃様、それは私にはもったいなさすぎるお言葉でございます。

「あ、ありがとうございます」

「これからも期待してるわ」

「はい」

ずっと植田沙百合の鋭い視線を感じていたが私は無視した。彼女はファーストバイオリンを担当している。ファーストは主旋律を担当することが多く、オーケストラでは最も目立つパートだ。首席奏者はコンサートマスターと呼ばれ、オーケストラ全体をリードする存在だ。一方私が担当しているセカンドバイオリンは、ファーストのオクターブ下や内声を演奏する。だからファーストのサポート役というわけではないがやはりファーストよりはかげが薄くなる。なのに私の方が誉められたものだから彼女にとったら屈辱なのだ。

「それにしてもあの笹野伸吾という男は本当に妄想の激しい男なんだねえ」

ファゴットを担当している大石明は、鱗《うろこ》みたいに爛《ただ》れた顔をボリボリ掻《か》きながら子供が悪さした時に見せるような笑みを浮かべて言った。私も大石と同意見だ。真理乃様が初めて笹野にお会いになった時笹野は母親が自殺したことを語ったらしい。彼曰《いわ》く母親は交際していた男に覚醒剤中毒にされて、最後は裏切られたから自殺したということだったが、それは全て想像であって証拠は何もないらしいのだ。私はその話を聞いた時真理乃様の前だというのに思わず失笑してしまった。母親は被害者なんだと思いたいのは分かるけれど、それはあまりに都合のいい妄想である。現実はどうせ、暴力団とかそういう連中から覚醒剤を買っていて、しまいには買う金がなくなり、その時には覚醒剤がないと生きられない身体になっていた、とかそんなところだろう。

笹野は最後も都合のいい妄想を膨らませていた。生まれ変わったらとかそんなことを言っていたが、来世なんてない。天国も地獄もない。死んだら意識がなくなってそれで終わりだ。

私はこの間改めて、死んだら生まれ変われると思いこんでいる人間が自殺するのだなと思った。最初に見届けた女性も同じようなことを言っていたからだ。

こっちは美しく死なせてあげるのが役目だし、人の死を見るのが生きる活力になっているから、死にたい奴はどんどん死んだらいいのだけれど。

「大石さん、死んだ人を悪く言うのはよくないわよ」

真理乃様は大石明を注意された。私も叱られたようで少し気持ちが沈んだ。

「それよりこれ、次に演奏する楽譜よ」

私は真理乃様から楽譜をいただいた。各パートごとの楽譜だ。これは真理乃様が自ら作成されたものだ。私は両手で丁寧に持った。

「今回の曲はコブクロの『蕾《つぼみ》』という曲よ。みんな知っているかしら」

私は普段全くと言っていいほどテレビなんて観ないしJ-POPも聴かないからほとんど知らないが、この『蕾』という曲は知っている。この曲が発売された時私は高校生で、学校の帰り道渋谷の交差点やCDショップからよく流れていた。興味のない私があれほど耳にしていたくらいだからかなりヒットしたのであろう。歌詞までは憶えていないがバラード調のいい曲だった。

「今回の自殺志願者は十七歳の女の子よ。一ヶ月前彼氏との間に赤ちゃんができたらしいんだけど、彼女が産みたいって言ったら彼氏は怖くなったのね。学校の階段から彼氏に突き落とされて赤ん坊は流産。その時の後遺症で彼女はもう赤ん坊を産めない身体になってしまったそうよ。それだけじゃないわ。顔に大きな傷を負ってしまっていて、それはもう一生消えないのですって。でも一番のショックは彼氏に裏切られたことね。彼は病院にも顔を見せなかったそうよ。心にも身体にも大きな傷を負って……まだ十七だっていうのに本当に可哀相な子だったわ」

私は真理乃様のお話を聞いて胸が高ぶった。流産して、一生子供が産めなくなって、顔に傷が残ったなんて最悪の人生ではないか。

そんな酷い目にあったのだ。是非死ぬべきだ。真理乃様はこうして簡単に自殺を決意させてしまう。

真理乃様、あなたは本当に凄《すご》い人です。

「『蕾』はね、その彼氏との思い出の曲なのだそうよ」

彼氏にそこまで酷いことをされてまだ思い出の曲とか言っているのかと、私は心の中で呆《あき》れた。

「場所は成城南高校の松林に決まったわ。彼女の通う高校よ」

私は成城南高校と聞いて驚いた。私の住む成城学園前駅から結構近いのだ。

「松林ってことは……」

真理乃様がお話しになられているのに大石が口を挟んだ。

「首つりね？」

真理乃様は頷いた。

「そうよ」

自殺方法が首つりだと知り、大石は急に切れ長の目を剝《む》くと息を荒くした。青白い顔をますます青白くすると、ポケットからカッターを取り出し変な声をもらしながら自分の右腕を切り刻みだした。彼女は興奮すると身体を傷つける癖があり、演奏で使う大事な指以外は傷だらけだった。私には頭がおかしいとしか思えないが彼女はこれで快感を得るようだ。

机に血がポタポタと垂れるとフルート担当の今井瑛子が汚《けが》らわしいというように大石から離れた。

「ちょっと汚いじゃない。服についたらどうするのよ。そんな気色悪いこと一人でやってちょうだい」

大石はぜえぜえと舌を出しながら、

「久々の首つりだよ。興奮せずにいられるか！」

とここが喫茶店というのも忘れて叫んだ。

なぜ大石が首つりにここまで興奮するのか不明だが、意外にも首つりで自殺しようとする〝志願者〟は少ないようだった。私にとっては今回が初めての経験となる。

「なあ？　お前も嬉しいだろう？」

大石はオーボエ担当の森美恵子に振り向いた。森はいつも胸に抱えているクマのぬいぐるみを守るように背中を向けた。森が担当するオーボエは低音楽器だが楽器に似て彼女自身も暗い女だった。どんな思い出があるのか知りたくもないが大学生にもなってクマのぬいぐるみを自分の子供のように大事にしている。手から離すのは演奏する時だけだ。離すといっても腰にかけているから身体には密着させているのだが。

森は他人がぬいぐるみに触れるのも許さない。見た目は幼くて中学生みたいだが、指が微《かす》かに触れただけでもヒステリーを起こす。前に今井のフルートがぬいぐるみに当たった時は大変だった。真理乃様のおかげで怒りはおさまったがその日の練習は中止となった。そんなことがあったから私は森に近づかないようにしている。いや、森に限らず他のメンバーも変な人ばかりだから私は自分から近づくことはない。

私は真理乃様にしか興味がない。

ただ一つだけ、彼女たちが羨《うらや》ましいと思うことがある。それは私以外みんなグループ発足時からのメンバーだということだ。真理乃様と同学年の今井、大石、森は分かるが、一つ下の二年植田も創立メンバーなのである。みんな真理乃様がスカウトしたらしいのだが私よりも一年以上も長く真理乃様と一緒に演奏しているのだ。こんなに羨ましいことはない。もう一年早く生まれていればと何度思ったことか。

でも遅れて入ったぶん私は誰よりも練習している。真理乃様のために一生懸命演奏しています。

「本番は四日後の夜十二時。成城南高校で待ち合わせすることになってるわ。今日は各自練習して、明日合わせ練習をしましょう」

真理乃様は打ち合わせを終えると忙しそうに珈琲館を出て行かれた。次の自殺志願者を探すため自宅へお戻りになられたのだ。

ここのところ笹野しかり今回の少女しかり、たいした理由でもないのに自殺しようと考えている人間が増えている。真理乃様はそういう彼らをネットのプロフィールや日記等で見つけてはコンタクトをとり、実際に会って『自殺するよう説得』するのである。話がまとまったら私たちは志願者が美しく死ねるよう演奏するのだ。

よく言えば自殺プロデュース。正確に言えば自殺幇助《ほうじょ》だ。

私は三ヶ月前、真理乃様がリーダーを務める「レーヴ・ポステュム／rêve posthume」に入れていただいた。「レーヴ・ポステュム」とは「死後の夢」という意味である。

本番当日、夜の十二時を回ったのを確認して私たちは楽器を手に植田の車から降りた。成城南高校の敷地内に入り、グラウンドの奥にある松林に一列になって進んでいく。夜空に浮かぶ満月が校舎やプールを明るく照らし、松林の木々にも光を降り注いでいる。月も少女の最期をロマンチックに見守ってくれているに違いない。

月の光でいっそう闇の深くなった松林の真ん中に少女のシルエットが立っていた。百六十センチ以上背丈があるのに体重は四十キロあるかないかだろう。げっそりと痩《や》せ細った少女はまるでマッチ棒のようだった。

少女は一歩、二歩と私たちに歩み寄った。私はすぐに頰《ほお》にある傷に目がいった。まるで漫画の暴力団員のように大きなあとになっていた。

「本当に来てくれたんですね」

抑揚のないまるで幽霊が出すような細い声とともに、少女はほんの薄く笑みを浮かべた。

私は少女の表情を見てよく今日まで死なずにいたなと思った。こんなにも追いつめられた人間を見たのは初めてだった。だからこそ私は胸がゾクゾクした。少女がどういう風に死んでゆくのか。早く少女が死ぬ瞬間を見たい。冬なのに背中が汗ばんだ。

「来てくれないのかと思った」

少女はやはり感情のない声で言った。

「とんでもない。約束は守りますわ。今夜は美しい死を演出してさしあげます」

少女の背後には松の木が立っており、太い枝にはコンセントのコードが括《くく》られていた。少女は私たちをじっと見据えている。さあ早く死なせてくれと演奏を促しているようだった。真理乃様はタクトを手に取られると私たちにアイコンタクトを送られた。

真理乃様はタクトを持たれた瞬間に厳しい顔つきになられる。見る人によっては氷のように冷たい表情にも見えるだろう。

でも私は……これは決して口に出すことはできないが、実は普段よりもタクトをお持ちになられた時の顔の方が美しいと思っている。特に演奏前、集中するように遠く先を見つめるその目が非常に魅力的だった。

真理乃様に見とれていた私はハッと我に返り、ケースから弓とバイオリンを取り出すと静かに構えた。真理乃様がタクトを下ろされるまでのこの時間が私は一番緊張する。

他の四人の準備も整ったのだろう、真理乃様は少女に一礼されるとこちらに向き直り、タクトをゆっくりと下ろされた。眠っていたかのように静かだった松林に『蕾』が流れ始める。私は真理乃様が作成してくださった楽譜通りにバイオリンを奏でる。初めはゆっくりと優しく。なめらかな指揮に合わせ私は演奏する。曲がサビに近づくにつれて真理乃様の動作が大きくなってゆく。私はメロディに合わせて身体を揺らしながら、他のパートに負けぬよう力強く弾いた。

一番が終わると少女は彼のことを思い出すように目を閉じた。最後は嫌なことを忘れて幸せだった過去を思い出しているようだった。ほんの少しだが少女の顔が和らいだ。それは私の想像とは正反対だった。彼にそこまで裏切られたのだ。憎しみの表情に変わると思っていた。

まあいい。演奏が終わって夢から現実に引き戻された時にどういう反応をするのか一つ楽しみが増えた。

曲は二番が終わり、間奏に入り、最後のサビは真理乃様のアレンジでバイオリンソロだった。私は真理乃様と見つめ合う。真理乃様が微笑《ほほえ》みかけてくださった瞬間私は胸が躍った。植田に負けたくなくて自分なりに精一杯音を表現した。

静かに曲が終わると少女はゆっくりと目を開けた。同時に瞳から一筋の涙がこぼれた。期待したような感情の激しい変化はなく、むしろ私たちに頭を下げるとこう言ったのだ。

「ありがとうございました。最後に彼とのいい思い出が作れました」

少女はそう言って地面の岩を踏み台にして松の枝に縛り付けてあったコードに首をかけた。

私はこの時冷静に様子を見守っていたが、心の中では嵐が吹き荒れていた。少女には最期、半狂乱になって、彼を恨んで憎んで呪って死んでほしかった。なのにこの少女ときたらいい思い出が作れましたなんて言っちゃって……。

私は正直嫉妬《しっと》していたんだと思う。一時期ではあるが異性と幸せな時間を過ごし、不幸のどん底に落とされたのに、最期は結局妄想でいい思い出にしてしまった少女に。あとは岩から落ちるだけの少女に、私は死ね、死ねと心の中で叫び続けていた。

松の木にぶら下がった少女の遺体を私たちはいつものように囲んだ。身体中赤黒く変色し首が伸びて股間から尿が流れ出ていた。大石は異常なほどの興奮で左腕をカッターで切り、植田は死体の写真を撮った。今井はただじっと見据え、森は興味がないというようにクマのぬいぐるみを愛撫した。そして真理乃様は美しく微笑まれた。私はミスをせずに演奏できたことよりも、真理乃様が満足してくれたことがとてもとても嬉しかった……。

2

少女の死を見届けた翌日から演奏部の練習が休みで、もう何日も真理乃様に会っていなかった。こんなにも会わないと寂しくて、胸が締め付けられる思いだった。決して恋ではないがそれに近い感情だと思う。

一日の授業が終わり皆教室を出て行ったが、私は窓ガラス越しに見える青空に真理乃様の顔を浮かべてボーッとしていた。微笑まれた時の真理乃様、激しく指揮される真理乃様。どの姿もお美しい。

真理乃様は今何をなされているのだろう。きっと新しい志願者をお探しになられているに違いない。

ああ、早く真理乃様と一緒に演奏がしたい。私のバイオリンで真理乃様を喜ばせたい。

私は毎日そう考えております。

暗い人生を変えてくれたのは真理乃様、あなたでした。だから私はあなたに恩返しがしたいのです……。


私は外交官の父と厚生省に勤めていた母との間に生まれた。二人ともクラシックが好きだったので、私は小学校に入る前からバイオリンを習わされていた。私に音楽をやらせるのにはもう一つ理由があった。住まいが成城の一等地ということもあって周りの親が必ず何か一つ子供に特別なことをさせていたからだ。私はバイオリンが大好きだったが競争するのは嫌いだった。『当時』は純粋に音楽が好きだったのだ。なのに両親は自分たちの名誉と優越感を得るために、自宅に練習専用スタジオを作るとフランスからわざわざ優秀な先生を呼び、まだ幼い私に毎日何時間も練習させた。そしてある程度実力がついてくると全国のありとあらゆるコンクールに私を出場させた。でも私は一度も結果を出したことがなかった。両親はそれがとても不満だった。何が何でもうちの子が一番優秀なんだと証明したかったのだろう。ついには学校まで休まされ、バイオリンの練習をさせられた。それがきっかけといっていいだろう。私はクラスメイトからいじめを受け始めるようになったのだ。

『馬鹿がバイオリンなんてやるな』

確かに音楽以外の私の成績は下の下だった。

『ブスがやったって似合わねえよ』

そう言われても仕方ないくらい私は容姿が醜《みにく》い。

『お前なんて生きていても意味ねえよ。死ね！　消えろ！』

そんな酷い言葉を毎日浴びせられた。暴力も多々あった。それで指を怪我《けが》してしまったこともあった。しかし誰も助けてくれなかった。担任の教師も見て見ぬふりだった。

私はとうとう耐えられなくなって登校拒否した。ちょうどその頃だ、妹が生まれたのは……。

妹は私とは対照的に容姿がよくて物覚えもよかった。妹も小学校に入る前からバイオリンを始めたが、明らかに私よりセンスがよくて表現力も豊かだった。小学三年生の時に全日本ジュニアクラシックコンクールで優秀賞をとった時、審査員から天才と言われるくらい実力と才能があった。それ以来、私の人生は更に惨めなものとなった。

妹の方が才能があり将来性があることが分かると、両親は『妹だけ』に力を注ぐようになり愛情もいっぱいに注いだ。一方私は専門の先生を外され、音楽教室までも辞めさせられた。でもまだバイオリンが好きだったから自主練習はしていた。けれどたった一人でやるバイオリンは虚《むな》しくて、つまらなくて、段々意欲もなくなっていった。

中学に上がった私は一応音楽部には入ったが小学部から一緒の同級生から相変わらずいじめを受けていたので、部には出ても週に一、二回だった。そんなだから大会やコンクールには出してもらえるはずもなかった。

高校はエスカレーター式の付属から外れて渋谷区の公立高校を受験した。でも運悪く小中学校が一緒だった男子生徒が一人いたので、大きないじめはなかったものの、友達は一人もできなかった。その男子生徒が悪い噂を流しているのは明白だった。白川さんは暗いしなんか気持ち悪いよね、と陰で言われているのを偶然聞いてしまったこともあった。

とりあえず高校でもバイオリンは続けていた。でも目標も何もなかったから適当だった。現在通う相模野大学も偏差値に合わせて受験しただけであって目指していた大学ではない。

まさかここで運命的な出会いがあり、その人物によって人生が変わろうとは私は夢にも思っていなかった。

今所属している演奏部は老人ホームや学園祭などで発表するだけのいわば同好会みたいなものだ。二ヶ月前のその日も特別支援学校での発表会という小さなイベントのために練習していた。私は音楽学校でバイオリンを演奏しながら、現在新東京フィルハーモニー交響楽団に所属している妹のことを考えていた。小学生の頃から才能を開花させていた妹は、簡単に言えばエリートの道を進んでいる。でも私はどうだ。こんなお遊び部で、特別支援学校での発表会のためにバイオリンを弾いている。天と地の差だった。妹がいなければ、もしくは妹みたいに才能があれば、私は今頃音大のオーケストラ部にいてもっと華やかな人生を送っていたのに……。

考えれば考えるほど自分が惨めになり虚しくなるだけだった。それで私は、自分には小さな舞台が向いているんだと自分に言い聞かせた。

真理乃様に声をかけていただいたのはその日の練習が終わった帰り道だった。私は演奏部に入った時から真理乃様のことを、ミステリアスでとても美しい人だなと思っていたから声をかけられた時はもの凄く緊張した。

真理乃様はいきなり私にこう尋ねられた。

「あなた、人が自殺することに興味はあるかしら？」

まさかそんなことを聞かれるとは思ってもおらず私は固まってしまった。真理乃様はそんな私を見てフフフと笑われて、

「私はね、人が美しく死ねるよう、そして〝良い死〟になるようお手伝いする活動をしているのよ」

と仰った。私は聞き返したが真理乃様はそれ以上は教えてくださらなかった。今となるとこんなことを思ってしまった自分が恐ろしいが、あの時は気味の悪い人だなと思った。でも真理乃様の仰る、人が美しく死ねるよう〝良い死〟になるようお手伝いする活動とはどういうものなのか私はもの凄く興味があった。

真理乃様は細かい説明はせず私にある楽譜をくださった。それは安室奈美恵の『CAN YOU CELEBRATE?』だった。私ですら知っている曲だったが、楽譜をいただいた時私はますます混乱した。

「興味があれば三日後の夜十一時、バイオリンを持って、小田急線南林間駅にあるマリアンナ幼稚園の前に来てちょうだい。詳しい場所は自分で調べてね」

真理乃様はそう言い残されて帰っていかれた。私は楽譜に視線を落としたまましばらくその場に立ち尽くした。

先ほどの意味深な言葉とこの楽譜が一体どう関係しているというのか。バイオリンを弾くのは間違いなさそうだがどうしても言葉の意味は分からなかった。

私は三日後に何が行われるのか想像もつかなかったが、なぜが興奮して身体中熱を帯びていた。真理乃様のお言葉の意味をどうしても知りたかったのだ。あの時すでに私は真理乃様の魔力のようなものに惹《ひ》きつけられていたのだと思う。自宅に帰った私は早速『CAN YOU CELEBRATE?』を練習したのだった。

三日後の夜、私は真理乃様に指定されたマリアンナ幼稚園に向かった。こんな夜中ではあるが私はこの近くのどこかで演奏するものだと思いこんでいた。それしか考えられなかったのだ。だが周りには演奏ができるような会館やスタジオなどはない。ではどこで演奏するのだろうと考えていると、南林間駅の方から一台のバンが到着した。中にはいつも顔を合わせている演奏部のメンバーが乗っており、皆黒いドレスを着てそれぞれ楽器を提げて降りてきた。普段の彼女たちからは想像できないくらい堂々としていたのでまるでプロの演奏者のようだった。最後に降りられた真理乃様だけが楽器を持たれておらずタキシード姿だった。胸ポケットにタクトが挿されていたので真理乃様が指揮をなさるのかとすぐに理解した。それにしてもあの時の真理乃様は特別美しく感じた。髪を綺麗に結い、メイクもプロがしたように華やかだった。見とれていると真理乃様は色っぽく微笑まれた。

「来てくれると思ったわ。渡した曲、練習してきてくれた？」

私がはいと答えると真理乃様はよろしいというように頷かれた。私は勇気を出して真理乃様に尋ねた。

「これから一体何が始まるのでしょう？」

真理乃様は私に意地悪された。

「あなたが練習してきた曲をみんなで演奏するのよ」

「それは分かりますが、どこで演奏するのでしょう」

「そこに踏切があるでしょう？　あの前よ」

私はその時背筋がぞっとした。三日前に真理乃様が言われたお言葉を悪い意味でとらえてしまったからだ。つまり私は自殺させられると思ったのだ。

「人数は、これだけですか？」

私は動揺を隠すためにそう尋ねた。真理乃様たちが車を降りられた時から演奏会にしては数が少なすぎるのではないかと疑問を抱いていた。六人ではミニオーケストラすら結成できないのだ。もっとも演奏曲はJ-POPだから問題はないが。

真理乃様は私の質問にこうお答えになった。

「今日からあなたが加わるんですもの。今までよりもっといい音が奏でられると思うわ」

困惑していると、突然三十半ばくらいの女性が現れた。身体はガリガリで顔は血色が悪く酷く疲れ切っていた。まるで悪霊に取り憑かれているかのようで間違いなく病んでいた。

真理乃様はその女性に丁寧に一礼された。

「お待ちしておりました」

「今日はよろしくお願いします」

女性は囁《ささや》くようなか細い声で言った。

「かしこまりました」

真理乃様は私に何の説明もしてくれないまま踏切の方へ歩きだされた。

真理乃様が合図されると四人は演奏の準備を始めた。何がなんだか分からなかったが、質問できる空気ではなく、私も真似するようにケースからバイオリンと弓を取り出した。

女性は警報機の傍《そば》に立ちこちらをじっと見つめていた。

演奏の準備が整うと真理乃様はタクトをお持ちになり構えられた。私は条件反射でバイオリンを構えた。そして真理乃様がタクトを下ろしたと同時に弓を動かした。夜中の線路に『CAN YOU CELEBRATE?』が流れ始める。私は家でかなり練習したつもりだったが緊張して何度も音とリズムを間違えてしまった。人数は少ないし、『CAN YOU CELEBRATE?』は静かな曲だからそのミスはかなり目立ったはずだ。でも真理乃様は怒るどころか落ち着いて、大丈夫と囁いてくれた。私は真理乃様のサポートのおかげでなんとか演奏を終えることができた。

曲が終了すると計算されていたかのように警報機が鳴り始め、遮断機がゆっくりと下りてきた。演奏中は余裕がなくて気づかなかったが女性は涙を流しており、涙を拭うと私たちに深々と頭を下げた。

「ありがとうございました」

真理乃様は無言でお辞儀した。

「生まれ変わって、今度こそ彼と一緒になりたいと思います」

女性はそう言って踏切の中に入ると線路で足を止めた。私は心臓が暴れだし、女性が電車に撥《は》ねられた瞬間、本当にぶつかった！　と心の中で叫んだ。

女性は道路にまで飛ばされた。撥ねられた直後、真理乃様たちは遺体の元へ行かれた。私も少し遅れて後ろをついていった。女性がどうなったのか見てみたかったのだ。

女性の遺体は焦げたように薄黒くなっていて、頭からは脳みそが飛び出ていた。胴体からは大量の血が流れ出ていて、腕や足はあらぬ方向にねじ曲がっていた。

いきなり大石が奇声を上げカッターで自分の左腕を傷つけだした。植田はデジタルカメラを手に取り遺体の写真を撮り始めた。森はいつも抱いているクマのぬいぐるみを撫《な》で、今井は何の感情も抱いていないかのようにただじっと遺体を見据え、真理乃様は遺体にうっとりとされていた。

私はその場に屈《かが》み興味本位で遠慮がちに遺体に触れてみた。まだ血は生暖かくて肉はヌルリとして気持ち悪い感触だった。でも逆に私は人間の死体に段々興奮してきて、気づけば変わり果てた女性の姿を舐《な》め回すように見ていたのだった。

私の中に眠っていた狂気が目覚めた瞬間だった。脳みそや肉が飛び出た遺体を見せられたら普通は逃げるか吐くか、気を失うかのどれかだろう。でも私の身体は死体を見れば見るほど血が沸騰したように騒ぎ狂喜した。

しばらくして真理乃様が行きましょうと言われたので私は立ち上がったが、正直言うともう少し見ていたかった。あの時は初めてだったから余計そう思ったのだろう。

帰りは植田の車に乗せてもらったが私はしばらく経っても高揚がおさまらなかった。女性が電車に撥ね飛ばされた瞬間や、酷く変わり果てた死体の姿が頭の中を支配していた。バンの最後列に座っていた私は身体中が燃えたようになっていて落ち着かなかった。やっと少し冷静になった私は真理乃様たちがどういう活動をされているのか大凡《おおよそ》理解した。私のそれが正しいかどうか尋ねると真理乃様はそうよと頷かれた。

「私たちはこれまで、色々な方たちの最期を見届けてきたわ。どの方も私たちの演奏で美しく死んでいった。最近自殺者が多いでしょ？　でもそのほとんどが一人で暗い死に方をしている。そんなの全然〝良い死〟じゃないし、寂しいでしょう？　死ぬ時こそ美しい演出が必要なのよ」

でもどうやって自殺志願者の人たちを探されるのか私は疑問だった。真理乃様はネットのプロフィールや日記で探してコンタクトをとって、実際会いに行って日時や場所や演奏曲を決めていくのだと答えてくださった。

「今日のあの女性はね、婚約していた彼をバイク事故で亡くしたのよ。二週間前ですって。場所はあの踏切のすぐ傍だったそうよ。だから私は彼女にあの場所を提案したの。『あそこ』なら苦しまずに一瞬で死ねるしね」

真理乃様はごく普通に淡々と話された。

「五年間付き合った彼で、一ヶ月前に婚約して、二ヶ月後に結婚式を控えていたそうよ。だからあの曲だったのね。でも本当に可哀相。一人残されて辛《つら》かったでしょうね。彼女は生まれ変わって、今度こそ彼と一緒になるために死を選んだのよ」

真理乃様のお話を聞いて私は顔には出さなかったが心の中で笑っていた。同情するどころか心は更に高ぶった。自分が惨めで暗い人生を歩んできたからか、人の不幸がたまらなく快感だった。不幸のどん底に落ちた人間をもっと見たい。そしてどういう風に死んでいくのか、これからもたくさん見ていきたいと思った。

このお方についていけば生き甲斐《がい》のないつまらない人生から抜けられる。今後も是非一緒にバイオリンを弾かせていただきたいと思った。

「あの、本当に私もお仲間に入れていただいてよろしいのでしょうか?」

「もちろんよ。誘ったのは私の方なんだから」

「でも私、下手ですけど」

「全然下手ではないわよ。今日は緊張のせいよ。誰でも最初は緊張するわ。心配しなくても大丈夫よ。もっと自分に自信を持ちなさい」

「ありがとうございます」

「今日からあなたは『レーヴ・ポステュム』の一員よ。rêve posthume とはフランス語で『死後の夢』という意味なの。素敵でしょ？」

ええとても、と私は返して真理乃様にこの日最後の質問をした。

「ところで、どうして私なんかをお誘いいただいたのでしょう？」

真理乃様はフフフと笑われてこう仰った。

「『普通じゃない』バイオリニストが欲しかったのよ。普通の子じゃ怖がって逃げちゃうでしょ？」

「普通じゃない、バイオリニスト……」

「そうよ。実はずっとあなたに目をつけていたわ。あなたは私たちと同じにおいがしたの。そう、普通じゃないにおいね。あなた、相当暗い過去を持っているでしょう？　そうじゃなきゃそんな憎しみのオーラなんて出さないわ」

まだあの時は演奏部に入って半年程度だったのに真理乃様は私が暗い過去の持ち主だということを知っており、そして心の奥底に狂気が眠っていることを私よりも先に気づいていらしたのだ。これまで真理乃様にはいくつもありがたいお言葉をかけていただいたが、このお言葉は特に胸に残っている。

私は翌日からバイオリンを猛練習した。朝から晩まで練習したのは小学生以来だった。肩が重くても腕が疲れても次の演奏でミスしないよう必死になって弾いた。真理乃様は決してそんなことをするようなお方ではないが、次間違えたら辞めさせられてしまうのではないかという危機感もあった。

次の自殺志願者が見つかったのは三週間後だった。三十四歳の男性で、妻と幼い子供が二人いた。彼は小さな食品会社の社長だったが不況で会社が倒産し、莫大《ばくだい》な負債を抱え家族に迷惑をかける前に死を決意したそうだ。

曲は二人の子供が大好きな、みんなのうたの『月のワルツ』を選び、場所は八王子のキャンプ場で、橋の上から飛び降りることが決まったと真理乃様から説明を受けた。夏休みに家族でそのキャンプ場に行ったらしく本人がそこを希望したそうだ。

私は次の志願者が見つかっただけでも大興奮なのに飛び降りと聞いて更に胸が高鳴った。人間が飛び降り自殺する瞬間を早くこの目で見たかったのだ。

私は『月のワルツ』という曲を知らなかったのでCDを購入して、本番でミスをしないよう繰り返し練習した。

本番当日、私たちは夜中に男性と待ち合わせして、揺れる橋の上で演奏した。下は岩だらけで十メートル以上の高さがあったので二重の緊張感があった。

曲の中盤、男性は家族のことを思ったのだろう、ボロボロと泣きだした。そして最後は泣き崩れていた。

私は緊張したがほとんどミスをしなかったので一安心した。

演奏を終えると男性がどんな風に飛び降りるのか期待に胸を膨らませた。男性は私たちに礼を言って手すりに立つと妻と子供の名前を叫び、家族に謝りながら飛び降りた。私は死ぬ瞬間も見たかったのですぐさま手すりから顔を出した。暗くてよく見えなかったが、地面から鈍い音が伝わってきた。私は無意識のうちに拳《こぶし》を強く握りしめていた。その手は汗でびっしょりだった。次いでたまらない喜びと感動がじわじわとこみ上げてきた。特に男性がふわりと浮いた瞬間を思い出すと身震いした。

その後私たちは橋から河原に下りて、血を流して死んでいる男性を囲んだ。手には家族の写真が握られていた。私はまた遺体の頭から足先まで食い入るように見つめていた。


帰り道私はずっと真理乃様を眺めていた。まるで恋しているかのように一時も視線を離すことができなかった。心の中では、ありがとうございます、ありがとうございますと、神様にお礼を言うように何度も繰り返していた。

レーヴ・ポステュムのセカンドバイオリンとして入れていただいて以来私の人生はガラリと変わった。あの暗くてつまらない毎日が嘘のようだった。三週間前に死んだあの女性の言葉を借りると、生まれ変わって、別世界にいるみたいだった。

次の自殺志願者のことを考えるのが楽しくて、真理乃様と一緒に演奏できるのが嬉しくて、毎日が夢のような時間で、私は生まれて初めて生きていてよかったと思った。

私は感謝の思いでいっぱいになった。真理乃様に対する特別な想いが強くなっていったのはこの時からだ。そして自殺志願者を美しく死なせてあげたいという考えと、確実に志願者を自殺させてしまうお力を持つ真理乃様を心から尊敬するようになった。

私はこの素晴らしい活動が永遠に続けばいいのにと思った。そしたら死ぬまで一緒に演奏できる。

ずっと真理乃様の傍にいたい。そして私が死ぬときは真理乃様の演奏を聴いて死にたいと思った。

植田の車が自宅に近づいてくると私は急に寂しい気持ちになった。もうお別れの時間。次の日も演奏部で会えるというのにもう少し真理乃様と一緒に特別な時間を味わっていたかった。

とうとう自宅に着いてしまい、私はバイオリンを肩から提げて車から降りた。私は助手席に座る真理乃様に挨拶した。すると真理乃様は私にこう言ってくださった。

「おやすみ。今日はなかなかよかったわよ」

その言葉が嬉しくて嬉しくてその日の夜は眠れなかった。

私は天井を見上げながらもっと真理乃様のお力になりたい。もっと上達して誉められたいと、心からそう思った。

3

もっともっと真理乃様のことが知りたい。知らないことがないくらいの深い関係になりたい。あなたのことを考えれば考えるほど私はそう思います。でもあなたはご自分のことは全くといっていいほどお話しになりませんね。私が知っているのは、得意な楽器と、住んでおられる場所くらいでその他は何も知りません。いつから音楽をやられているのか、お好きな音楽家やお好きな食べ物、お誕生日や血液型や、そう、ご趣味すら知りません。本当にあなたはミステリアスな人です。そこが魅力的ではあるのですが一方では寂しさもあります。私に対してそこまで話す関係ではないとお思いなのでしょうか。もっともレーヴ・ポステュムに入れていただいてまだ二ヶ月だし、プライベートのことを話す機会なんてあまりないから考えすぎなだけかもしれませんが……。

気安く話しかけるなんて私にはできなくて、せっかく話しかけていただいても私は緊張してしまい、自分から質問や話題をふることができずいつも後悔しています。あなたは口数の少ない子とお思いでしょうが、本当はもっと色々お話ししたいのですよ。

真理乃様は私がここまであなたのことを想っているなんて知らないでしょう。私の視線にすら気づかれていないご様子ですものね。もちろん一緒にいさせていただくだけで十分幸せなのですが、私はもっと真理乃様のことが知りたい。真理乃様に振り向いてもらいたいのです。

真理乃様、それはわがままなことでしょうか？

教室の窓際に立ち悶々《もんもん》としていた私は夕陽の光で我に返った。気づけば身体中が火照《ほて》っていて、首筋に汗が滲《にじ》んでいた。何だか恥ずかしい気持ちになり、私はバッグを抱えて教室から出ようとした。その時ちょうど教室の扉が開いた。そこには腰まである髪を一つに結った長身の女性が立っていた。逆光でシルエットしか分からなかったが、その蛇みたいな長い髪で今井だというのが分かった。私は今井を睨み付けたがすぐに俯《うつむ》いた。今井は怪しい笑みを浮かべながら近づいてきた。

「琴音《ことね》ちゃん、探したわ。ここにいたのね」

普段つんけんしている彼女からは想像もつかないくらいの甘い声だ。

今井はいきなり私の身体を窓に張り付けるようにするとまずは耳をチロリと舐めた。ゾワゾワッと全身鳥肌が立ち私は顔を背《そむ》けた。今度は首筋を這《は》うように舐めた。生暖かい気色悪い感触が私を嫌悪感でいっぱいにさせた。今井は段々息遣いが荒くなり、我慢できないというように激しく唇を吸った。私は口を結んでいたが舌が強引に入り込んできた。生臭くて私は吐きそうになった。

今井は私を裏返しにすると胸を鷲《わし》掴《づか》みにし股間をまさぐった。洋服の上からでは満足できなくなった今井はパンティの中に手を入れた。

「濡れないわねえ」

今井は首筋にキスしながら言った。私は身体をもぞもぞさせていたが、逃げることはしなかった。今井が満足するまで耐えるのだ。

こうして今井から歪んだ性的暴力を受けるようになったのはここ最近だった。最初はトイレの中だった。呼び出されて行ってみるといきなり連れ込まれてレイプされた。その時初めて今井の本性を知ったのだが、抵抗しない私に今井は、

「おりこうさんねえ」

と耳元で誉めた。私はあの時、他のメンバーも餌食《えじき》になっているんだろうなって考えていた。

私が何の抵抗もしなかったから今井はYESだと勘違いして、それから週に一、二度性的暴力にあっているが、私は騒ぎ立てるつもりはない。こんなこと真理乃様に知られたら嫌われてしまう。レーヴ・ポステュムだって辞めさせられるかもしれない。私はそれが怖くてこの事実は胸にしまっている。真理乃様のことを思っていれば私はどんなことも耐えられる。

今井は私のブラがちぎれると酷く興奮した。

「パンツも破ってほしいかい？」

私は答えず窓から見える景色を眺めていた。すると、木の陰からクマのぬいぐるみを抱いた森がこちらを見ていることに気づいた。私と目が合った森は何のリアクションもなく歩いて帰って行った。私は心の中で森でよかったと心底安堵《あんど》した。今のが真理乃様だったら大変だった。

私は少し移動してカーテンを閉めた。その後も今井の性的欲求の道具になっていた私はずっと真理乃様のことを思い浮かべていた。陰部に手を突っ込まれた時恥ずかしながら私は卑猥《ひわい》なことを考えてしまった。

ああ、この相手が真理乃様だったらどれだけ幸せだろうか、と。

私の身体を弄《もてあそ》ぶ今井は一瞬手を止めると意外そうに言った。

「へえ、濡れてきたじゃないか」

私にとって、それは初めての経験だった。


今井に好き放題された帰り道、私はまだ家に帰りたくなくて回り道した。そしたら偶然君に出会ったのだった。

あまりに魅力的なものだから私は思わず足を止めた。今井に髪や衣服を乱された私の姿とは対照的に、君はとても美しい輝きを放っていた。君を見ていたら私は段々ドキドキしてきて気づけば夢中になって眺めていた。

私は、君がいればなあと思った。

君がいればきっと真理乃様は喜んでくれるだろう。もっと注目してくれるだろう。でも今の私では残念だけど君と一緒に真理乃様のところへは行けない。私は別れを告げて自宅に帰った。

部屋に閉じこもった私はすぐさまバイオリンを取り出した。真理乃様に誉めていただきたくて机から適当な楽譜を引っ張り出すと、一度も休憩を挟まず何曲も狂ったように弾いた。隣の部屋にいる妹からうるさいと扉を叩かれたが私は演奏をやめなかった。妹の声をかき消すように、強く、激しく弾いた。

手が止まったのは三時間後だった。珍しく携帯が鳴ったからだ。表示画面を見た私は一気にテンションが上がった。願いは通じるんだなあと思った。

「もしもし」

私は緊張しながら電話に出た。

「白川さん？」

真理乃様の柔らかい声が聞こえてきた。私は落ち着かなかった。

「あの、あの、私なんかに電話していただきありがとうございます」

電話の向こうでウフフと笑われたのが分かった。

「あの、どうかされましたか？」

「次の演奏が決まったわ。明日打ち合わせするから部の方が終わったら珈琲館に来てちょうだいね」

それを聞いた私は思わず大声を出してしまった。

「はい。分かりました」

「それじゃあね」

電話を切った私は携帯を強く胸に当てため息を吐いた。また真理乃様と一緒に演奏ができるなんて……。

真理乃様、私は幸せでいっぱいです。

でも真理乃様、あまり無理はしないでくださいね。最近過密スケジュールなのでお身体が心配です。真理乃様が倒れられたら元も子もないのですから、少しは休まれてください。

そう思いつつも私は高ぶりを抑えられなくて、また何時間もバイオリンを弾いた。

4

昨日真理乃様から次の自殺志願者の説明があった。今回も相手は女子高生だった。

千葉県在住の十六歳。理由はいじめ、だそうだ。小中学校はそんなことなかったのに高校に入った途端にいじめが始まり、標的になった原因は自分でも分からないらしい。

少女はクラスの学級委員をしていたのだが、ある日突然クラスの不良女子グループに呼び出され、お前ウザイんだよ、と言われたのだそうだ。その翌日からクラス全員が少女を無視し始めたらしい。

最初は学校内でのいじめで無視や言葉の暴力といった一般的なものだったが、少女をそこまで追いこんだのは実は学校の『裏サイト』だった。裏サイトとは匿名で気に入らない人物を誹謗《ひぼう》中傷するというサイトで、酷い日は少女の誹謗中傷で全ページ埋まるほどだったらしい。クスリをやっているとか身体を売っているとか根も葉もない噂が学校中に流れ出し、少女は学校を中退した。でもいじめは終わらなかった。裏サイトにはしつこく誹謗中傷が書かれ、卑猥なコラージュを貼られ、そのうち死ねという言葉で埋め尽くされた手紙が届くようになった。ついには、家の前で顔面に硫酸をかけられ、顔面が焼けただれてしまった。少女は家を出ることすら怖くなり拒食症にも陥った。そんな身も心もボロボロになっていた時、SNSサイトのメッセージボックスに真理乃様からのメッセージが届いた、というわけだ。

少女は真理乃様との打ち合わせで、曲はドヴォルザークの『新世界より』を選んだ。私にとってはレーヴ・ポステュムで初めてのクラシックだ。

自殺場所は地元の海を選んだ。私はそれを聞いた時最初は海で手首を切るか、灯台から地面に飛び降りるかのどっちかだろうと考えていたのだが、真理乃様は、溺死《できし》を選んだ、と仰った。それを聞いた瞬間私の身体は沸騰したみたいになった。溺死なんて滅多に見られるものではない。事実真理乃様たちも初めてだそうだ。きっとこの先もないだろう。想像するだけで心臓がドキドキした。私はこの時自殺を決意させるだけでなく、溺死を選択させてしまう真理乃様を改めて凄い人だなと思った。

本番は三日後、夜中の十二時に富津海岸よ、と真理乃様は私たちに告げられた。そして最後に、少女は死んで復讐《ふくしゅう》するのよ、と艶《あで》やかな表情で仰った。

誰に復讐するのかは明白だが、一体どうやって復讐するのか私には分からなかった。だからこの時の『復讐』という言葉は強く印象に残っている。

演奏部の練習が終わったあと、駒沢の音楽スタジオに到着した私たちはいつも借りている一番大きな部屋に入った。全員の準備が整うと真理乃様はタクトをお取りになった。

「本番まで時間がないから、今日中に完璧に仕上げましょう。それでは早速合わせてみましょうか」

私は返事してバイオリンを構えた。私は真理乃様のタクトに合わせて弓を動かした。今日が初めての合わせだが、私は昨日五時間以上も練習したし、朝も三時間練習したから自信があった。でも一度目の合わせが終わった時、真理乃様は不満げに首を振られた。私のせいかもと緊張したが、真理乃様のタクトは植田に向けられた。

「植田さん、十七小節目のさわりが微妙に遅かったわ。それと強弱をしっかりと。音が単調だから迫力が出てないわ」

植田は下を向いたまま返事した。表情は酷く落ち込んでいた。私は横目で植田を見ながら、また叱られてる、と思った。植田はこうしていつも練習を中断させる。いくら言ってもよくならないのだ。植田なんかより私をファーストにしてくだされぱいいのに、と心の中で真理乃様に言った。

「白川さん」

真理乃様にいきなり呼ばれた私は弾んだように顔を上げた。植田のあとだから余計緊張した。

「白川さんは随分練習してきたようね。かなりよかったわ」

真理乃様に誉めていただいた私はあまりの嬉しさに落ち着かなかった。

「ありがとうございます」

隣では植田が私に鋭い視線を向けていた。私はいつものように無視した。

「ではもう一度いきましょう」

真理乃様は全員の準備が整うとタクトを下ろされた。でもすぐに演奏を止められた。

「植田さん、入りが遅いわ」

今度は私が睨む番だった。植田は私の視線に気づいているが、真理乃様が見ているので返してはこなかった。

「すみません」

「自殺志願者の方たちにとっては私たちの演奏が最後の時間になるの。なのに中途半端な演奏では失礼でしょう?」

「はい。すみません」

植田は謝るとすぐにバイオリンを構え直した。

「ではもう一度」

真理乃様は改めてタクトを振られたが今度はサビの手前で止めた。演奏を乱しているのはやはり植田だった。今日は特に酷くその後も植田は何度も注意を受けた。完璧に揃ったのは練習を始めてから五時間後のことだった……。

スタジオを出た私たちは駒沢大学駅に向かった。私の家と真理乃様のご自宅は逆方向なので駅で別れることになる。真理乃様は歩くのが速いからあっという間に駅に着いてしまう。だから私はいつももう少しゆっくり歩いていただきたいなって考えている。少しでも長くお傍にいさせていただきたくて私はわざと歩みを遅らせるのだが、真理乃様は振り返ってくださらないから遅れては追っかけの繰り返しだった。


駅に着くと真理乃様は振り返られた。

「では今日はお疲れ様。明日も部の方が終わったら合わせ練習しましょう」

今井と大石は真理乃様と同じ方向なのでここで別れるのだが、今井は帰り際私に嫌なアイコンタクトを送ってきた。私は目をそらし真理乃様に挨拶した。

真理乃様が帰られ、駅には私と植田と森が残った。植田と森とは同じ方向だが二人とは一緒に帰ったことがない。

「私はちょっと寄りたいところがあるので先に帰ってください。お疲れ様でした」

私はいつもこう言って駅を出る。勿論《もちろん》用事なんてない。真理乃様以外のメンバーとは一緒にいたくないからこうして電車の時間をずらすのだ。避けているのは私だけではない。彼女たちにも仲間意識はない。だから私たちはお互いのことを知らない。いつから音楽をやっているのか、なぜ音楽を始めたのか、それすらも。恐らく皆普通じゃない過去がありそうだが私には興味がない。

駅を出た私は特にあてもなく歩いていた。すると後ろから声をかけられた。

「白川さん」

その声が誰のものなのかすぐに分かった。振り返るとそこには植田が立っていた。先ほどの練習で植田の心は怒りで燃え上がっているのだろうが表情は静かだった。植田は私に歩み寄り目の前に立つと耳元で言った。

「あまり調子に乗るなよ」

幼さの残る顔から出たとは思えないくらい低く、憎悪に満ちた声だった。私はどういう意味なのかすぐに分かった。黙っていると植田はポケットから数十枚の写真を取り出し、それを私の胸に叩きつけた。私は写真を見て息を吞《の》んだ。大学で今井にレイプされている写真だった。アングルは外からだ。あの時森だけではなく実は植田も覗き見ていたのだ。写真は昨日のだけではない。前にレイプされた写真もある。

私は植田を見た。この女、ずっと私をつけていたのだ。いつからか知らないが、今井に性的暴力を受けているのを知っていた。私はこの時、植田も今井の餌食になった、もしくは今もそうなのではないかと思った。

「気持ち悪い趣味だこと」

植田は薄ら笑いを浮かべて言った。私は我慢できず植田のウエストポーチに視線を下げて言い返した。

「死体の写真を撮るのが趣味な人に言われたくないわ」

「なに！」

いきなり植田の表情が一変した。

「もう一回言ってみな！」

急に激昂《げっこう》したので私は驚いた。植田は身体を震わせながら私に言った。

「いいかい？　写真をばらまかれたくなかったらこれ以上でしゃばるんじゃないよ」

植田は私から写真を奪うと地面に叩きつけ駅の方に歩いていった。私は写真をかき集め、植田の背中を睨み付けた。

本番当日の富津海岸は星空が広がる穏やかな天気だった。真冬だけれど風もなく海も静かだから演奏もこの大海に綺麗に響き渡るだろう。これから死を迎える少女にとっては最高のシチュエーションだ。でも私は風が吹きすさんだ大荒れの海を望んでいた。演奏が終わり高波にのみ込まれていく少女……。

まるで映画のワンシーンのようではないか。想像しただけで身震いした。でも残念ながら私の描いたシーンとは正反対になりそうだ。が、贅沢を言ってはいけない。人間が海に身を投じる瞬間なんて滅多に見られるものではない。私は少女が静かな海に消えていく瞬間を早く見たいと気を逸《はや》らせていた。

私たちは灯台から少し離れた砂浜で少女が来るのを待っていた。すでに演奏の準備はできている。あとは少女が来るだけだった。

約束の時間ぴったりに少女はやってきた。真っ白のワンピース一枚に白いパンプス姿で顔には白い包帯を巻いている。真冬なのに信じられないくらいの薄着だが、少女は何ともなさそうだった。

頭の先から足の先まで白一色に包まれた少女の目は暗くて死んでいた。顔中ぐるぐる巻きにされた包帯の間からは拒食症のせいで落ち窪《くぼ》んだ眼球しか見えないが、顔の肉がそげ落ちているのが分かる。身体も骨と皮しかついていないみたいに異常に細い。餓死《がし》寸前といってもよかった。

少女は頭を下げた。弱々しいが手を揃えてするその礼は丁寧だった。真理乃様は少女の恰好《かっこう》を誉められた。

「白のワンピース、お綺麗ですわ。とてもお似合いよ」

少女はありがとうございますと言って、私たち一人ひとりに目をやった。

「後ろの方たちが……」

「そうです。レーヴ・ポステュムの演奏メンバーですわ」

少女はまた丁寧にお辞儀した。

「今日は私のためにありがとうございます」

死ぬ直前だというのに少女は冷静だった。言葉にも乱れはなく上品で落ち着いている。なるほどさすが学級委員だったというだけある。仕草や言葉遣いを見るだけでとても優秀なのが分かる。でもそれがクラスメイトは気に入らなかったに違いない。私は心の中で、ざまあみろと叫んだ。頭がよくて、何でもできて、失敗したことのない人生を歩んできた人間がどん底に転げ落ちてゆく様を見ていると愉快でたまらない気持ちになった。いつもながらこの少女はどんな風に死んでゆくのだろうと期待が膨らんだ。

少女は私たちとすれ違って波打ち際に立った。そして真っ暗な海を見渡してゆっくりと振り返り一礼した。

「よろしくお願いします」

私たちは深くお辞儀して楽器を構えた。真理乃様は集中するように目を閉じられている。目をお開けになった瞬間いつものように別人の顔つきになられたが、今日はクラシック音楽だからだろうか雰囲気が全然違って見えた。もしかしたら作曲者、ドヴォルザークに成りきっておられるのかもしれないと思った。私はあまりの迫力に鳥肌が立った。

真理乃様はゆっくりと右手を上げ私たちに目で合図されるとタクトを急降下させた。『新世界より』は序盤から次第に盛り上がり、第一楽章のクライマックスに向けて曲調が激しくなる。私は真理乃様の激しい指揮に合わせ、身体を揺らしながら素早く弓を上下させる。フルート、ファゴット、オーボエも力強い音を奏でる。富津海岸に迫力のあるクラシックが響く。

『新世界より』は第二楽章に入ると曲調が一転静かになり、あの有名なメロディーが繰り広げられる。真理乃様は動作を抑え、柔らかい指揮をされる。私の瞳には真理乃様が華麗に舞う女神様のように映った。途中で微笑まれた時は無邪気に踊る妖精にも見えた。

美しいの一言だった。

艶麗《えんれい》な真理乃様とは対照的にすぐ後ろに立つ少女の視線が定まらなくなってきたのを私は知った。次第に身体が震えだし、終盤に入った時少女の目は憎しみに満ちていた……。


演奏は最後の見せ場を終え、真理乃様はタクトを掲げてピタッと動作を止められた。二十分の大演奏を終えた私は肩で息をしながらバイオリンを下ろした。

完璧な演奏だった。私には波の音が拍手に聞こえた。爽快《そうかい》な気分だった。真理乃様もご満足そうな表情だ。

一方、耳に心地いい波の音を消すように少女は呪いの言葉を唱え始めた。

「ユルサナイユルサナイユルサナイ！　アイツラノコトノロッテヤル。ノロイコロシテヤル！」

私は少女の変貌《へんぼう》ぶりに胸がゾクゾクした。

そう、その顔その怒り。私が見たかったのはこれなんだ。ここまで追いつめられた人間が最後まで冷静でいられるわけがないんだ。あの丁寧な言葉遣いや素振りは無理して装っていただけなんだろ？

そうだ、自分をこんなに醜くした奴らをもっと憎め。そしてもっと壊れろ。

「アイツラナンカシネバイイ！　ジゴクニオチレバイイ！」

少女は叫んだ。私は一つひとつの叫びが快感で、身体の震えが止まらなかった。

「堕《お》ちますよ」

真理乃様は諭《さと》すように仰った。

「その方たちには必ず天罰が下ります。私が言った通り、ちゃんと遺書も書いてきたんでしょう？　あなたの死は決して無駄にはなりませんよ」

私はこの時、ようやく『復讐』の意味を知った。

知ったのはそれだけではない。真理乃様は遺書と復讐と、二つの言葉を使って少女に死を決意させたのだ。素晴らしいプロデュースだ。

真理乃様の優しいお言葉に安心したのか少女は一筋の涙を流し深く頷いた。

少女はそろそろ行く決意をしたのだろう、波打ち際でパンプスを脱いだ。彼女はその靴を抱きかかえ、

「お父さん、お母さん、ごめんなさい」

と呟《つぶや》いた。どうやら今着ているワンピースとパンプスは両親に買ってもらった大事な物のようだ。

少女は靴を綺麗に揃えると私たちに深々とお辞儀して海の中に入った。何の恐れもないというように真っ直ぐに歩いていく。私は夢中になって少女の後ろ姿を眺めた。そうだ行け！　その調子と心の中で叫び続けた。

水が腰の高さまでくると少女は力一杯水をかき分けて死の道を歩いていく。動きは重くてゆっくりではあるが、波がほとんどないから押し返されることなく、どんどん奥に入っていった。

静かな海に少女が吸い込まれていく光景を見て私は思わず芸術だと呟いた。こんな素晴らしい絵は二度と見られないだろう。

静かに芸術を鑑賞したいのに、隣では大石が奇妙な声を上げながらカッターで首筋を切

り、植田は新聞記者のように何枚も写真を撮っていた。

水が少女の肩まできた時私は少し残念な気持ちになった。少女の姿をもう少し長く見ていたいと思ったのだ。

やがて少女の首が隠れ、顔が隠れた。少女はもう呼吸することができないだろう。でも見苦しく暴れることはなかった。静かに奥へ奥へと進んでいった。

白いワンピースを着た少女は、大海の中に消えていった。

まるで何事もなかったかのような静かな海をじっと見つめられていた真理乃様は、

「今までで一番美しい死だったわ」

と感動されたように仰った。


そのニュースを知ったのは少女が死んだ四日後のことだった。大学の帰り道電器屋の店頭で流れていたのをたまたま観たのだった。

『今月二十日、千葉県に住む高田千帆さん十六歳の遺体が富津海岸沖で発見されたニュースの続報です。千帆さんが行方不明になった十八日の午前零時頃、富津海岸の砂浜に七、八人の不審な女性グループがいたことが分かりました。これは、同時刻にこの場所を車で通り過ぎた男性による証言です。この女性グループは、白いワンピースを着た一人の女性を除いて、皆黒い上下の服装で、手に楽器を持っていたと男性は話しています。この白いワンピースの女性が千帆さんではないかということで、警察は、この謎の演奏グループが少女の死に何らかの関係があるとみて、この女たちの行方を追っています』

ニュースを観た私は腹の中で笑った。

謎の演奏グループ、か。悪くないなと思った。

警察のみなさん、私たちはここにいますよ。次はどこに現れますかね？

でも一つだけ不満なことがあります。少女の死に何らかの関係があるとはどういう意味ですか？　私たちが殺した可能性があるとでも？

私たちは少女の最期を生演奏で飾ってあげたのです。そのおかげで少女は美しく、そして〝良い死〟を迎えることができたのですよ。勝手な想像は迷惑です。みんな最期は私たちに感謝の言葉を残していきます。私たちは自殺志願者の心の救済活動をしているのです。なのに悪のグループみたいな言い方はやめてください。

真理乃様も今のニュースご覧になりましたか？　どうかお気を悪くしないでください。

でも真理乃様、ニュースの内容は不満なことばかりですが、こうして謎のグループとしてテレビに出て、全国の人たちが注目していると思うと気分がよくないですか？　私は今まで主役になんてなったことがなかったから特にそう思うのでしょうね。もしかしたらこれからどんどん有名になって……。

すみません真理乃様、少し興奮しすぎました。テレビに出たとかそんなこと真理乃様にはどうだっていいですよね。

真理乃様はきっとこうお答えになるでしょうね。

そんなことより、私たちは自殺志願者のために精一杯演奏するだけよ、と。

5

『大事な話があるから明日珈琲館に来てちょうだい』

真理乃様からご連絡があったのはあのニュースからちょうど十日が経った日曜日のことだった。私はその時部屋でバイオリンの練習をしていたのだが、いつも招集をかける時とは違う「大事な話」というお言葉がもの凄く気になって、練習どころではなくなった。いつもとは言い方を変えられただけならいいが、どうやら次の自殺志願者が見つかった様子ではなかった。真理乃様のお声もいつもより真剣だったから私は悪い胸騒ぎを感じていた。翌日演奏部の練習を終えた私はすぐに珈琲館に向かった。すると少し遅れて植田が入ってきた。私は植田を睨むような目で見たが、この女には弱みを握られているからすぐに視線をそらした。

真理乃様がやってこられたのはそれから十五分後のことだった。

「お疲れ様です」

私は立って挨拶した。真理乃様は私に微笑まれた。

「お疲れ様」

私は真理乃様の表情を見て少しホッとした。考えすぎていただけでそこまで深刻な問題ではないかもしれないと思った。

真理乃様は席に座られると、

「それでは早速始めましょうか」

と言われた。私は空いている席を見て、

「あの、大石さんたちはいらっしゃらないのでしょうか？」

と尋ねた。

「ええ、そうよ。今日は二人だけを呼んだのよ」

私と植田は見合った。

なぜ私とこの女だけなのだろう。

私はもしかしたらパート変更の話かもしれないと思った。私と植田の実力の差は明らかだ。私をファーストにしてくださるのかもしれない。

私はドキドキしながらそのお言葉を待ったが、残念ながらそうではなかった。真理乃様はブランドバッグから二冊の小冊子を取り出されると、それを私と植田に配られた。

「それはね、今ネットでコンタクトをとっていて、明日直接会うことになっている自殺志願者のプロフィールと、半年前から昨日までの日記よ。つまり、まだ私たちが『演奏』するかどうかわからない『候補者』ね」

私はすぐに疑問を抱いた。いつもならまだこの段階では真理乃様は打ち合わせはなさらない。打ち合わせが行われるのは演奏曲が決まってからだ。なのに今回に限って、しかも私と植田だけにお話しされるのはどのような意図がおありなのだろう。でも真理乃様はそ

の辺については何も語られず、

「まずは最初のページを見てちょうだい」

と仰った。私は言われた通り最初のページを見た。そこには候補者のプロフィールがずらりと書かれてあった。一目で有名SNSサイトのプロフィールページだというのが分かった。真理乃様はパソコンからわざわざ印刷してくださったのだ。

「あなたたちに見てもらう候補者は町田に住む四十歳の男性よ」

私はまず候補者のアバターに注目した。

髪は女性用と思われるロングヘアーを選んでいて、顔はなぜか照れ顔に設定している。身体は風船のようにまん丸に太っており、青いつなぎを着ている。右手には紙袋をぶら提げ、肩にはリュックを背負っている。背景は電気街だ。

アバターを見ただけでアキバ系というのが分かった。

私はその下を順番に読んでいった。

名前、ノブ。

性別、男。

地域、東京都町田。

職業、フリーター。

趣味、少女マンガのお宝集め。

星座、乙女座。

血液型、A型。

最後に一言欄には、『少女マンガ、特に「みんなのプリリン」を好んでいます。プリリンが好きな人いたらドシドシ絡んでください。友希一発オッケイ。あと秋葉原オフ会があったら誘ってください。あとあと、今度プリリンの映画があるからとても楽しみ！』と書かれてあった。私はこのプロフィールを見て、本当に四十の大人が書いたものだろうかと思った。幼稚だし何より気持ち悪すぎる。私はアキバ系と呼ばれる人種が嫌いだった。

ところが私とは正反対で真理乃様はお優しかった。

「プロフィールはこんな可愛らしいけど、日記は可哀相よ。読んでみて」

私は次のページをめくった。八月十日二十時三十一分。題名は『ノンたんにふられた』だった。

『題名の通り、今日いきなりノンたんにふられた。本当はもう一人彼氏がいたって言われた。酷いよノンたん。僕はノンたんとの永遠の愛を誓ったんだよ。ノンたんも僕と死ぬまで一緒って言ってくれたじゃないか。だから僕は今まで大切にしてきた宝物を全部売って、ノンたんが欲しいもの全てプレゼントしてきたんだよ。僕がどれだけプリリンのお宝を大事にしてたか知ってるだろう？　なのに酷すぎるよ。お願いだからノンたん戻ってきてよ。ノンたんがいないと僕死んじゃうよ』

最初の日記を読んだだけで私は虫酸《むしず》が走った。こんな気持ち悪い男、誰だって嫌になるわ、と思った。何がよくてこの女性がこんな男と付き合ったのか不思議でならなかった。

「彼はね、出会い系サイトでこの彼女と知り合って、八ヶ月前にお付き合いを始めたそうよ。どうやら初めての彼女だったみたいね。彼は相当彼女が好きだったみたいだけど、可哀相に。でも本当に可哀相なのはこの後ね。次の日記を見てちょうだい」

次の日記の題名は『ノンたんを取り返す』だった。日付は八月十二日。彼女にふられた二日後に書かれたものだ。

『今日ノンたんのもう一人の彼が家にきて、ノンたんに手を出したから五百万円払えって言ってきた。ノンたんはまだ未成年だから、払わないと警察に訴えるって。でも払ったらノンたんを返してくれるって約束してくれた。五百万円なんて大金すぐには払えないけど、ノンたんのために頑張って払うぞ！　そしてノンたんを取り返すんだ！』

最初はこのノブという男に対して不快感しか抱けなかったが、この日記を読んで私は段々愉快になってきた。典型的な駄目人間ではないか。

「その男と彼女は最初からグルで、彼は騙されていたのね。要するに美人局《つつもたせ》ってやつね。でも彼はそのことに気づかなくて、少しずつお金を払っていくの」

「馬鹿な男ですね」

真理乃様がお話しされているのに植田が割って入った。でも正直私もそう思っていた。

「そういう言い方はよくないわ。それくらい彼は彼女のことが好きだったのよ。でも五百万なんて、フリーターの彼にはとても払えなくて、途中で無理だってことが分かるの。すると男からの執拗な嫌がらせが始まって、彼はまたお金を払っていくのだけれど、やっぱりどうしても払いきれなくてね……」

真理乃様はページを繰られた。

「かなり飛ばして、二十五ページを開いてみて」私は真理乃様のご指示通り二十五ページを開いた。

『もう死にたい』

題名にはそう書かれてあった。日付は一月二十六日。ちょうど一週間前の出来事のようだ。私はノブに何が起こったのかワクワクしながら読んだ。

『今日久しぶりにノンたんから電話がかかってきた。電話に出たら、お金が払えないノブちゃんなんて生きる価値なし、もう死んだ方がいいんじゃない、って言われた。いきなりノンたんの態度が急変したから驚いたけど、ノンたんは不甲斐ない僕に愛想をつかしちゃったんだね。確かにノンたんの言うとおり、こんな僕はもう死んだ方がましだ。全てをなくした僕はもう生きる意味がない。でも最後にもう一度だけノンたんとデートがしたかったな』

真理乃様はノブに同情しているが、私は心の中で、可哀相に、と笑った。ここまで酷いことを言われたのに彼女を恨むどころかまだ二人がグルだということにすら気づかないなんて能無しにもほどがある。

私もこういう無能人間は生きる価値なしだと思う。一刻も早く死ぬことをすすめる。

「この日以来彼は生きる気力をなくしてしまったみたいだわ。今はアルバイトにも出ず、ずっとアパートに閉じこもっているんですって。彼は思いこみが激しいようだから、もう立ち直れないでしょうね。翌日の日記から、彼は死ぬことばかり考えているわ」

私は二十六、そして最後の二十七ページをめくった。真理乃様の仰った通り、いつ死のうか、場所はどこがいいか、どうやって死ねばいいか等、まるで私たちを頼っているかのような内容ばかりが書かれてあった。しかしどの日記にも同情や死ぬのをやめさせるようなコメントは一つもよせられていなかった。むしろその逆でどのコメントも、馬鹿とか、逝《い》ってよしとか、頭悪すぎとか、死にたいなら死ねとか、そんな言葉ばかりが並べられていた。私はまたノブが哀れになった。

「彼は幼い頃からずっと孤独だったのね。プロフィールや、これよりもっと前の日記、それに日記のコメントを見れば分かるわ。ネットの中ですらフレンドがいないんですもの。でも生まれて初めて彼女ができて、彼はとても幸せだったでしょう。でも大切な彼女にまでこんな酷いことを言われて、私たちが思っている以上にショックだったと思うわ。彼に一人でも相談できる人がいればよかったのかもしれないけど、もしかしたらご両親も亡くなられたとかで、いらっしゃらないのかもしれないわね」

真理乃様は容姿だけではなくお心もお美しいと改めて思った。

真理乃様はどうしてこんな人にまでお優しくできるのですか？　私も見習わなければなりませんが、どうしてもそういう気持ちになれないのです。不幸な人を見ると身体の血が沸々とたぎってきてしまうのです。

「私はこの彼を一人で死なせたくなかったの。孤独なまま死ぬなんてあまりに残酷だし可哀相でしょう？　この彼にこそ私たちが必要なのよ。最期に思い出の場所で思い出の曲を聴いてもらって、美しくて〝良い死〟にしてもらいたいわ。あなたたちもそう思うでしょう？」

私は真理乃様を真っ直ぐに見つめて返事した。

「はい、そう思います」

「ところで」

植田が遮るように口を開いた。

「どうして私たちだけに彼のことを話されたのですか？」

私もそれはずっと気になっていた。

「明日、あなたたちもこの彼のところに連れて行こうと考えているからよ」

まさかそうお答えになられるとは予測もしていなかったから私は驚いた。そんな大事なお話し合いに私たちがついていってもいいのだろうか。

「でもなぜ私たちなんですか？」

植田が聞き返した。

「この前ふと思ったの。あなたたち以外、私たちはもうじき四年になるでしょう？　大学を卒業して社会に出たら、レーヴ・ポステュムはあなたたちが中心となって動いていくことになるかもしれないって」

真理乃様のそのお言葉に私はもの凄く悪い胸騒ぎを感じた。気が気ではなくて、畏《おそ》れ多くも口を挟んでしまった。

「引退されるおつもりですか？」

私は質問した直後、真理乃様は実はこの前のニュースをご心配されているのではないかとも思った。つまり正体がバレる前に身を引かれるおつもりなのではないかと。

でもそれは考えすぎのようだった。

「誰も引退するなんて言っていないわ。卒業しても活動は続けていくつもりよ。でもみんな社会に出たら今みたいに頻繁に活動には出られなくなるわ」

「大石さんたちは全く就職活動をしていないようですが」

植田の言葉に真理乃様はフフフと笑われた。

「そうみたいね。でも少なくとも私は大学を卒業したらやりたい夢があるから、今みたいには出られなくなるわ。だから今から、私がいなくても、あなたたちがこのレーヴ・ポステュムでいい演奏を続けていけるようにしておかなくちゃと思ってね」

引退はされないようなので私は一安心したが、一方では寂しさを感じていた。ご卒業されたら演奏部で毎日お顔を見られなくなるだけでなく、レーヴ・ポステュムにも今みたいにお出にならなくなる……。

真理乃様、あなたとは一生今みたいに活動させていただきたいと思っておりましたが、やはりそれは叶《かな》わぬ夢のようですね。

分かっています。無理なのは分かっていますが、真理乃様と毎日会えなくなるのを考えると胸が苦しくなります。

でも仕方ありません。真理乃様には真理乃様の進まれる道があるのですから。

「ところで、やりたい夢とは何ですか？」

私には勇気がなくて聞けなかったが植田が代わりに聞いた。真理乃様はご機嫌よさそうに、

「内緒よ」

ともったいぶられた。私はこの時残念でならなかった。どうしてもその『夢』を知りた

かったが、しつこく聞くと嫌われる気がして聞けなかった。

真理乃様、あなたは相変わらずミステリアスな人です。

6

次の日私たちはノブが指定したジョナサン町田店に向かった。店に着き時計を確認するとちょうど十八時三十分だった。さすが真理乃様だ。約束の時間ぴったりである。

店に入ると若い女性店員が挨拶しながらやってきたが真理乃様は案内を断られた。

「待ち合わせしているから大丈夫よ」

どうやら真理乃様はすでにノブを見つけられているようだった。

「一番奥にいるのが彼よ」

私は真理乃様の視線の先を見た。丸々太った長髪男が下を向いて固まっている。髪がダラリと下がっているから余計顔が見えなくなっていた。まるで死に神に取り憑かれているかのような姿だった。店内はそこそこ客が入っているが彼の周りには誰一人としていなかった。みな線を引いているかのように彼の近くの通路すら通ろうとしない。だからそこだけ異様な空間になっていた。

「白川さん、緊張してる?」

真理乃様は私の顔をご覧になるとお声をかけてくださった。

「少し緊張してます」

今日はただ隣で見学しているだけとはいえ初めての経験だし、何より候補者が死を決心するか否かの大事な話し合いの場だからやはり緊張する。

「そんなに硬くならなくても大丈夫よ」

真理乃様は私の腕に優しく手をあててくださった。真理乃様のお声と温もりが私の心をすーっと落ち着かせた。

「ありがとうございます」

私はお礼を言った後、ノブを鋭く見据えた。

もうすぐ苦しみから解放してあげる、と心の中で言った。

真理乃様はノブの前に立たれた。すると店内が静まり返った。

「ノブさんですね?」

声をかけられたノブは力なく顔を上げたが、真理乃様を見た瞬間身体が弾んで固まった。あまりの美しさに驚いているに違いなかった。

私はこの時まじまじとノブを見た。

豚、の一言で終わらせてもいいくらい顔も身体も豚だった。特に鼻が、今にもあの耳障りな音を出しそうである。その上不潔だし、薄気味悪く、全身鳥肌が立った。これは想像以上の醜さだ、と思った。

「初めまして、マリです」

真理乃様はハンドルネームで挨拶された。ノブは夢からさめたようにハッとなった。

「ど、どうも初めましてノブです」

「お隣よろしいですか?」

「あ、ああ、はい」

ノブは急いで紙袋とリュックをどかした。私はこの時ノブのアバターが脳裏をよぎった。

「あなたたちも座らせてもらいなさい」

「失礼いたします」

私と植田は真理乃様とノブの向かいに座った。異臭が鼻を襲ったのはその直後だった。

ノブの身体から吐き気がするほどのにおいが出ている。でも真理乃様だけは少しも表情を崩されなかった。

「あの、マリさん、こちらの方たちは?」

「後々紹介いたしますわ」

「そうですか」

真理乃様は急にノブを見つめられた。ノブは恥ずかしそうに下を向いた。

「な、なんでしょう?」

「ノブさんにお会いできて嬉しいですわ。今日が来るのを楽しみにしていました」

真理乃様はまるで誘惑するような艶やかな目で仰った。

「ぼ、僕もです」

ノブの照れた顔、声、仕草、全てが気持ち悪かった。

「ノブさんはとても四十歳には見えませんわね。趣味が若いから、お若く見えるんでしょうね」

「そ、そうでしょうか」

「ええ。そう思いますわ」

「マリさんも……」

ノブが急にもぞもぞとし始めた。口を金魚みたいにぱくぱくとさせている。何か言おうとしているがなかなか声が出ないようだった。私はこの顔が不快でたまらなかった。

「何ですか？」

「いや、その、マリさんがこんなお美しい方だとは思いませんでした。まるで『みんなのプリリン』の『ブラックプリリン』というキャラクターのようです。申し訳ありません、実はそのキャラクターは悪役なんです。ああ、でも気分を悪くしないでください。悪役といっても僕はそのキャラが大好きでして、その……あの」

真理乃様はウフフと笑われた。

「構いませんわ」

「すみません、暴走しすぎました」

「ノブさんは本当に『みんなのプリリン』というアニメが大好きなんですね」

「はい！　もうずっと前からファンです」

「なのに可哀相。大事にされていたグッズを全部売られてしまったんでしょう？」

彼女の姿が脳裏をかすめたのだろう、ノブの表情と声が一転して暗くなった。

「はい」

「全ての日記読ませていただきましたわ」

ノブは横目で真理乃様を見た。

「はい」

ノブはまた最初みたいに下を向きため息を繰り返した。まるでノブのところだけ雨が降ってるみたいだった。

「彼女と色々ありましたね。お辛かったでしょう?」

ノブは頷いた。

「本当に大好きでしたから。僕が三次元の女性に恋するのは初めてで、最初会った時、ローズプリリンが目の前に現れたって本気で思いました。ああ、ローズプリリンというのは『みんなのプリリン』の主人公です。それくらい似ていたんです。僕は運命を感じました。ノンたんも一生一緒にいてくれるって約束してくれたんです。だから僕はずっと大切にしてきたプリリンとかのグッズを全部売って、ノンたんが欲しい時計とかブランドバッグとか全部買ってあげたんです。僕は本当はローズプリリンのコスプレをしてほしかったんですが……すみません、また暴走してしまいました。そんなのはどうでもいいですね。とにかく、それくらい僕はノンたんが大好きだったんです。なのにノンたんはその時すでにもう一人彼氏がいたんですよ」

ノブは今にも泣きそうな声だった。

「酷いわ。でももう一人彼氏がいたって分かっても、彼女のことが忘れられなかったんですね」

「はい。だから僕はもう一人の彼からノンたんを取り返すために一生懸命頑張ってお金を払い続けたんです。でも全額は無理で。そしたらノンたん僕に……」

ノブは声を詰まらせた。

「でも仕方ないですよね。僕が悪いんですから」

真理乃様はカウンセラーのようにうんうんと相づちをうち、ノブをじっと見つめられている。

「大切な彼女を失って、その彼女に死ねなんて言われて……もう僕の人生終わりですよ」

「ノブさん」

真理乃様は遮るように呼んだ。

「はい」

えた。

「本当にそうお思いですか?」

真理乃様の声の調子が急に変わられた。私には真理乃様の目が底光りされたようにも見えた。

「日記にも書いてありますが、本当に死を選ぼうとお考えですか?」

真理乃様は終始穏やかだが私は鬼気迫るものを感じた。ノブは迷わず頷いた。

「ええ。本気で死んでもいいって思ってますよ。だってもう生きる意味ないし、疲れたし、僕なんて逝っちゃっていいんですよ」

「でしたらノブさん」

ノブは弱々しく顔を上げた。

「命をお絶ちになる直前の、最後の貴重なお時間を、私たちにいただけませんか?」

「マリさん、それはどういう意味ですか?」

真理乃様は名刺入れを取り出されるとノブに名刺を差し出された。そこにはレーヴ・ポステュムと書かれてあり、私も初めて見るものだった。

「レーヴ・ポステュム……? マリさんこれは?」

「ノブさん、私たちは自殺志願者の方が美しく死ねるよう、そして〝良い死〟になるようお手伝いする活動をしております。実はノブさん、今日はそのお話をさせていただくためにやってきたのです」

「あの、仰っている意味がよく分からないんですが」

真理乃様はレーヴ・ポステュムの細かい活動内容を話された。するとノブは何かを思い出したように口を開けた。

「もしかして、この前ニュースに出てた謎の演奏グループですか？　あれはマリさんだったんですか？」

「そうです」

「ではこのお二方も？」

「ええ。レーヴ・ポステュムの演奏メンバーですわ」

私と植田はノブにお辞儀した。ノブは信じられないというように首を振った。

「ノブさん」

「は、はい」

「孤独に死んではいけませんわ。それはあまりに悲しすぎます。私たちにお手伝いさせていただけませんか？」

「はあ……」

「ノブさんはまだ彼女のことがお好きでいらっしゃいますね?」

「それはもちろんです。誰よりもノンたんが好きな自信があります」

「彼女との思い出の場所で、思い出の曲を聴いて、彼女のことを想いながら死ぬなんてとても素晴らしいし、幸せなことだと思いませんか?」

ノブは呟くようにして言った。

「それは、思います」

「彼女だって、自分のことを想いながら死んでくれたらとても嬉しいでしょうねえ」

「僕は彼女が喜んでくれるなら何でもしますよ」

「ええ、分かってますわ」

ノブは急に下を向いて言った。

「とかいって、正直死ぬのは怖いです。痛いのは嫌だし、苦しみながら死ぬのも嫌です。男なのに情けないですね」

「ノブさん。苦しまずに死ぬ方法なんていくらでもあるんですよ」

「そうなんですか?」

「例えば部屋のガスホースを抜いて元栓を開いてガスを充満させるだけで眠るように死ねます」

「いや、でも……」

「でも何です？」

真理乃様はノブに身体を寄せてじっと顔を見つめられた。向かいで見ている私でさえ吸い込まれてしまうような不思議な力を持った瞳だった。

「ノブさん、何ですか？」

真理乃様はもう一度尋ねられた。するとノブはまるで真理乃様に魔法をかけられたかのようにこう言ったのだ。

「できたら、横浜のよこはま動物園ズーラシアがいいです。ノンたんと初めてのデートがそこでしたから」

「でしたらノブさん、車をレンタルして、その中で炭を焚《た》くんです。それでも苦しまずに死ねますわ」

「ほ、本当ですか？」

「ええ、本当ですわ。苦しむどころか、彼女との楽しい夢を見ることができるでしょう」

「最近ノンたん、夢にも出てきてくれなかったんです。死ぬ前にノンたんとの夢を見られたら幸せだなあ」

「ええ。とても幸せな夜になるでしょうね」

ノブは嬉しそうに頷いた。

「ノブさんは、彼女に対する想いを綴った手紙を書いてくるんですよ。そうしないと彼女に想いが伝わりませんから」

ノブは夢見るような表情で言った。

「僕がそこまでの想いだったってことが分かったら、本当にノンたん喜んでくれるかなあ」

「ええ、とっても喜んでくれますわ」

真理乃様は間を置かずに話を進められた。

「ノブさん、では私たちにお任せいただけますね?」

ノブは催眠術にかけられたようにぼんやりとした表情で頷いた。

「そうですね。どうせ死ぬならマリさんにお願いした方がいいですよね」

「ではノブさん、早速ですが彼女との思い出の曲はありますか?」

「もちろん『みんなのプリリン』の主題歌です。ノンたんとよく聴いたんです。凄くいいって言ってくれました。あ、でもアニメソングとかはダメですか？」

「いいえ。当日までに完璧に仕上げておきますわ」

「ありがとうございます」

「ところで日にちですが、どうしましょう？」

「それはマリさんにお任せします。僕はもういつでもいいです」

真理乃様は考えることなくすぐに提案された。

「四日後、七日の夜の十二時、よこはま動物園ズーラシアでどうですか？」

「はい、分かりました」

「では私たちはこれから早速演奏の下準備を行います。四日後にお会いしましょう」

こうして真理乃様はいとも簡単にノブに死を決心させてしまわれたのだった。

私は真理乃様のお言葉やお話の進められ方に驚愕《きょうがく》し、興奮し、一瞬恐ろしさすら覚え、そして最後は陶酔した。

私はこのお方は天からの使者なのではないかとさえ思った。だって真理乃様のお迎えをノブは何の迷いもなく受け入れたから。私はノブが死を決心した瞬間心が震えた。と同時にこれは真理乃様にのみ与えられた使命なんだと思った。

真理乃様は将来のレーヴ・ポステュムのために私たちをここに連れてこられたが、私にはこの仕事は到底無理だと実感した。もちろん植田や他の三人にだって無理だ。特別な力をお持ちになる真理乃様だからこそ人を死に導くことができるのだ。それを私は改めて知った。

やはりレーヴ・ポステュムは真理乃様がいてくださらなければ成り立たない。昨日の真理乃様のお言葉がずっと頭から離れない私は、そう思った。

7

本番当日私は無性に君に会いたくなった。君に会うのは何日ぶりだろう。決して忘れていたわけではない。なかなか私が忙しくて会えずにいたのだ。

今日は土曜日で大学が休みだから午前九時には家を出て、二十分後には君と再会することができた。

君は相変わらず美しい輝きを放っていた。私は君を独り占めしたくてできるだけ近づいた。君は堂々としているようにも見えるし、どこか寂しげにも見えた。本当はどういう気持ちでここにいるんだろう。

あ、そうだ、と私は今日の服装を見てもらった。

ちょっと寒いけど丈が短めのワンピースを着てみたんだ。

ピンクのベースに花柄模様。この前は今井に乱暴されて酷い恰好だったから今日はお洒落《しゃれ》してみた。こんなお洒落したのはどれくらいぶりだろう。少し照れくさかった。

実を言うと妹の部屋からこっそり持ってきたものだ。私の部屋にはこんな可愛らしい洋服はないから妹に借りるしかないのだ。

どう？　似合ってる？

似合っている、と言ってくれている気がして私は嬉しい気分になった。

私は同じ位置、同じ姿勢で何十分も君を眺めていた。

ああ、君がいたらなあ。私はやはりまた同じことを思うのだった。

真理乃様からお電話をいただいたのはそろそろ帰ろうかと思った時である。

私はてっきり今日の本番のことだと思っていた。でも真理乃様は、時間があるなら大学へ来てちょうだい、と仰った。私はそのまま急いで大学へ向かった。すると正門前に植田の車が停まっており、中にはメンバー全員が乗っていた。

車内がいつもより暗く感じたのは全員が喪服を着ているからだった。これから誰かの葬式か墓参りに行くらしかった。しかし助手席に座られている真理乃様はいっぱいのバラを抱えられている。喪服とバラは不釣り合いだが目にはとても鮮やかだった。

「白川さん、行きましょうか」

真理乃様は車に乗るよう促された。

「でも、こんな恰好ですがよろしいのでしょうか？」

「構わないわ」

私は後部座席に座り、真理乃様に尋ねた。

「これからどこへ行かれるのですか？」

真理乃様は前を向かれたまま、

「山手墓地よ」

と仰った。

山手墓地に着くと真理乃様はバンの荷室からご自分のバイオリンを取り出され、敷地内に入っていかれた。

山手墓地には日本式墓石がズラリと並んでいるが、角に唯一真っ白いヨーロッパ式墓石が建っている。真理乃様はその前で足を止められると赤いバラをそっと置かれた。

墓石には『MINATO YUKAWA』

と書かれてあった。

「あなたの大好きなバラよ。いい香りでしょ?」

真理乃様はお声をかけられるとしばらく墓石を見つめられ、

「あれからもう一年が経ったのね」

と呟かれた。

「今日はみんながいるから嬉しいでしょう?」

私は邪魔してはならないと思い、真理乃様からのご説明を待った。

真理乃様は墓石にお身体を向けられたまま私に話された。

「白川さん。彼もレーヴ・ポステュムのメンバーだったの」

私は、もしかしたらそうなのではないかなと思っていた。

「はい」

「彼がいなければ、レーヴ・ポステュムはなかったでしょうね。レーヴ・ポステュムはね、彼と一緒に立ち上げたのよ」

私はそれを聞いた瞬間ユカワさんに対する意識が変わった。まさか真理乃様とご一緒にレーヴ・ポステュムを作られた方だったとは。

真理乃様とは一体どのようなご関係だったのだろうと思った。

「彼は、私の恋人でもあったわ」

私は驚かなかった。何となくそんな気もしていたのだ。

「一年前、ひき逃げ事故にあって亡くなったの。大雪の日だった。活動を始めて半年くらいが経った頃だったわ」

「そうだったんですか」

「話すのが遅くなってごめんなさいね白川さん。でも話すなら一周忌の今日がいいって思ったの」

「ありがとうございます」

「本番を今日にしたのもそういう意味があったのよ。彼に演奏を聴かせてあげたくてね」

私は真理乃様の恋人がどのようなお方だったのかとても知りたかった。私は勇気を出してそれを聞いた。

真理乃様は私の質問に快く答えてくださった。

「彼とは高校のオーケストラ部で知り合ってお付き合いを始めたの。とても音楽が好きで、練習熱心で、いつも綺麗で優しい音色を奏でる人だったわ。パートはあなたと同じバイオリンよ」

真理乃様はそう言われると突然ご自分のバイオリンと弓を取り出され構えられた。

曲はバッハの『G線上のアリア』だった。柔らかくて透き通った音色が墓地全体を優しく包む。風で揺れる草花が優雅にダンスしているように見えた。

真理乃様は思い出を振り返りながら弾いておられるようだった。私は目を閉じて聴き入った。

『G線上のアリア』を弾き終えられた真理乃様はゆっくりとバイオリンを下ろされた。

「彼はバッハが大好きで、特に『G線上のアリア』をよく弾いていたわ。だから私もこの曲が大好きなの。彼は将来、バッハのような作曲家になるのが夢だって言っていたわ」

私はそれを聞いて一つ疑問に思ったことがあった。それはとても失礼なことだが、私は思いきって聞いてみた。

「ではなぜ相模野大に入られたのですか？　それほどの実力があれば、もっともっと上の大学に入れたではないですか」

「白川さん、私は彼に実力があったとは一言も言っていないわ」

真理乃様はお言葉を続けられた。

「彼は小学生の頃からバイオリンを習い始めたそうだけど、一度も評価されたことがなかったそうよ。こんな言い方したくないけれど、彼には才能がなかった。でも誰よりも音楽を愛していた。相模野大は自分の偏差値に合っていたから入った、っていうだけよ。私は他の大学へも行けたけど、彼と一緒に演奏している方が楽しかったから、あえて相模野大に入ったのよ」

私は今の話を聞いて、ユカワさんと自分は似ていると思った。ただ一つ違うのは才能がなくても評価されなくても音楽を愛する気持ちが薄れなかったというところだ。

「レーヴ・ポステュムを作ったきっかけは、自殺者が年々増加しているというニュースを観た時よ。彼が私にこう言ったの。どうせ死ぬなら美しく、良い死に方をさせてあげたいって。私も彼の考えに同感だったわ。だから二人でどうしたら自殺志願者が美しく死ねるのか考えたの。ちなみにレーヴ・ポステュムという名前を考えたのは彼よ」

「そうでしたか」

私はそれを聞いてユカワさんに対する尊敬の念が段々強くなっていった。

「彼は心底自殺志願者のことを考えていたけれど、一方ではずっと評価されないできたから、自分の活躍の場が欲しかったのかもしれないわね」

私はユカワさんのお気持ちが痛いほど分かる。私もレーヴ・ポステュムに入る前までは、心のどこかでそう思っていたから。

「でも皮肉ね。彼は美しく死ぬことはできなかった」

最愛の彼を失われた時の真理乃様のショックは計り知れない。真理乃様のお気持ちを思うと、私はとても胸が苦しくなった。

私は真理乃様はずっと華やかな人生を送られてきたのだと思っていたが、こんなにも暗い過去がおありだったとは……。

同時に真理乃様は本当にお強い人だと思った。ショックから立ち直られて彼の遺志を引き継いで活動を続けられているのだから。

「彼はどういう思いで死んだんでしょうね。一人で雪の中で死んだから、とても寂しかったでしょうね」

ユカワさんは冷たい雪の中で真理乃様を思われていたに違いない。

「でも、彼はもしかしたら自分の死を知っていたのかもしれないわね」

真理乃様は意味深なことを仰ると胸に手を入れられ、十字架のネックレスを手のひらにのせられた。真理乃様がいつもネックレスをされているのは知っていたがトップを見るのは初めてだった。

「彼が亡くなる一週間前にもらったの。誕生日でも、別に何かの記念日でもないのにくれたのよ。これは彼がずっとつけていた物なんだけれど、急に私にあげようって思ったそうなの。だから私は偶然ではないような気がするのよ」

切なすぎて私は言葉を返せなかった。

「白川さん」

真理乃様は私にお身体を向けられた。

「はい」

「今日は彼、あなたに会えて喜んでいるはずよ。今夜は彼のためにも最高の演奏をしましょうね」

私は心を込めて返事した。

「はい」

真理乃様は優しく微笑まれた。

私はその場に屈んでユカワさんの墓石にそっと手をあてた。

あなたは真理乃様から愛されるほどだから、とても素晴らしくて魅力的なお方だったのでしょうね。どんなお顔、どんなお声をしていたのか想像が膨らみます。あなたにお会いしてみたかったと心から思います。そしてあなたと一緒に演奏してみたかった。とても残念です……。

「白川さん」

私は立ち上がった。

「はい」

「今日はもう一カ所行くところがあるの。そろそろ行きましょうか」

「はい。分かりました」

私は墓石に手を合わせ、真理乃様の後を追った。

植田の運転する車は調布市のとある一戸建ての前で停車した。周りは純和風の家ばかりだが、そこだけ洋風のデザイナーズ住宅だったので一際お洒落で目立っていた。

表札には『湯川』と書かれてあった。

真理乃様がインターホンを押されると五十歳くらいの美人で上品な女性が出てきた。どうやら湯川さんのお母様のようだ。

「あら真理乃さん。それにみなさんも来てくれたのね」

真理乃様は深く頭を下げられた。

「こんにちは」

「ちょうど今、湊の一周忌から帰ってきたところよ」

「私たちも今、湊さんのお墓参りに行ってきたところです」

「そう、ありがとうね。さあ中へどうぞ。真澄がお待ちかねよ」

お母様がマスミと言うから私はてっきり湯川さんのお姉さんか妹さんだと思っていたのだが、案内された部屋にいたのは車椅子に座った高校生くらいの男の子だった。どうやらパソコンをいじっていたらしく、真澄さんはこちらを向いて嬉しそうに微笑んだ。

「真理乃さん」

私はその瞬間彼があまりに美しい顔立ちをしているものだから目を奪われてしまった。髪の毛を伸ばしてマスミですと自己紹介されたら誰もが女性と間違うだろう。

更によく見ると彼は髪の毛がうっすらと茶色くて、瞳が薄い緑色で、頰にはそばかすが微かに見えた。まるで白人のようであった。その綺麗な緑色の瞳が私に注目した。

「真理乃さん、そちらの方がこの前話されていた？」

彼は声がとても透き通っていて喋《しゃべ》り方にも気品があった。

「そうよ、紹介するわ。新しくレーヴ・ポステュムのメンバーになった白川琴音さん。琴音なんて、いい名前でしょう？」

「はい、とっても」

私は少し照れながら真澄さんにお辞儀した。

「初めまして白川です」

「そしてこちらが真澄くん」

「初めまして、湯川真澄です」

彼は挨拶するとなぜか私をじっと見つめた。私は何だか緊張してしまって下を向いた。

「真澄くんは今高校二年生で、通信制の学校で勉強しているのよ。真澄くんは幼い頃から身体が弱くて、歩けないことはないんだけどずっと車椅子の生活なの」

真澄さんは笑って言った。

「真理乃さんは一ヶ月に一回くらい来てくれて、退屈な僕のお相手をしてくださるんです」

真澄さんの話を聞いて、真理乃様は本当にお優しい人だなあと改めて思った。

「真澄くん、最近身体の調子はどうかしら？」

真澄さんは頷いた。

「ええ、凄くいいです」

「ひょっとして一人で車椅子に乗ったの？」

「はい」

「偉いわ。でもあまり無理しないでね」

「真理乃さんが来てくれるから、何だか嬉しくて」

真理乃様は優しい笑みを浮かべられると、真澄さんのパソコンを覗かれた。

「何をしていたのかしら？」

「ゲームです」

「何のゲームかしら？」

「たいしたゲームではありませんよ。ただのトランプゲームです。でもオンラインだから飽きません」

私もパソコン画面を覗いたのだが、その時に一枚の写真が目に入った。海を背に、満面の笑みを見せる真澄さんと、隣にいるのがどうやら湯川さんらしかった。湯川さんも真澄さんと同様日本人離れした美しい顔立ちをしている。とても穏やかな瞳をしていて写真を見ただけでも優しい人だったのが分かる。

湯川さんは車椅子に座る真澄さんの肩に手を置いて、爽やかな笑みを浮かべている。とても仲のよさそうな二人だった。

このお方が湯川さんか……。

真澄さんは今は明るくふるまっているけどお兄さんが亡くなった時はとても辛かったろう。

「あ、そうそう真理乃さん」

真澄さんはどうやら何かを思い出したようだった。

「何かしら？」

「この前『遊美王』のトレカを集めているって言ったじゃないですか」

「ええ、そうね」

「昨日最後の一枚を手に入れて、やっとコンプリートしましたよ！」

真澄さんは目を輝かせて言った。

「見せてくれるかしら？」

「はい！」

真澄さんは嬉しそうに車椅子を押して机の横にあるキュリオケースの扉を開けた。中には五十冊以上のファイルやアルバムがズラリと綺麗に並んでおり、よく見ると一冊一冊に文字の書かれたシールが貼られてある。そのほとんどがアニメの題名やゲーム名のものだが、『プロ野球カード』や『Jリーグカード』と書かれた物もあり、ジャンルはバラバラだった。

真澄さんはその中の一冊を抜いて真理乃様に手渡した。

「ありがとう」

真理乃様はファイルを開かれた。中には『遊美王』というアニメのキャラクターカードが番号順に収められていた。最後の番号は100だった。

横から覗いていると真理乃様が教えてくださった。

「真澄くんはね、こうしてカードやシールを全部揃えるのが得意なの」

真澄さんは手を振って言った。

「得意だなんて言いすぎですよ真理乃さん。こんなの買い続けていれば誰だって揃えられますから」

「そうかしら」

「そうですよ」

真澄さんは私の目を見て頬を赤らめた。

「子供っぽい趣味だから恥ずかしいですけど、一度集めだしたらコンプリートしないと気が済まない性格で、気がついたらもうこんなにファイルがたまってました」

私は色とりどりのファイルを見ながら言った。

「相当な根気が必要ですね」

真澄さんは苦笑いを浮かべた。

「ええ。それにもの凄いお金がかかります」

「そうでしょうね」

「でも僕にはこれくらいしか楽しみがないから……」

真理乃様の動作が一瞬止まられた。ファイルを閉じられると空気を変えるように仰った。

「ねえ真澄くん、次はどんなカードを集めるのかしら？」

「昨日それをコンプリートしたばかりだから、まだ決まってないですよ。決まったら教えます」

「楽しみにしているわ」

真理乃様はファイルを元の位置に戻されると再び真澄さんを振り返られた。

「ところで真澄くん。今日はみんながいるし、まだ時間が早いから久しぶりに『海の公園』に行こうと思っているのだけれど、どうかしら？」

真理乃様がそうご提案されると真澄さんは目を輝かせて、

「はい、連れて行ってください！」

と元気よく返事したのだった。

「ところで白川さん」

植田の運転する車が横浜市金沢区に入り、『海の公園』と標識が見えてきた時、二列目に座る真澄さんが私に話しかけてきた。真澄さんが私の名前を呼ぶのはこの時が初めてだった。

「白川さんは僕の兄と同じバイオリンを担当されているんですよね？」

私ははいと返事した。

「いつ頃から始められたんですか？」

「小学校に入る少し前からです」

そう答えると真澄さんは感動したような声で言った。

「では相当お上手なんでしょうね」

私はその言葉がとてもプレッシャーだった。

「そんなことないです」

「またまたご謙遜を」

「いえ、本当に下手なんです」

話を聞かれていた真理乃様が、

「そんなことないわよ」

と優しいお言葉をかけてくださった。私は真理乃様に頭を下げた。

「ありがとうございます」

少し間を置いて、再び真澄さんが聞いてきた。

「白川さんは、好きな音楽家はいらっしゃるんですか？」

「幼い頃はモーツァルトやエルガーをよく弾きました」

正確には両親に弾かされていた、である。

「そうですか。僕はバッハが好きです。兄がよく弾いてましたから」

「そうみたいですね」

「白川さんは、将来は音楽関係に進まれるおつもりですか？」

「先ほども申しましたように、私にはそんな実力はありませんから」

「例えば音楽の先生とか、楽器屋で働くとか、そういう意味も含めたのですが」

「いえ、今は全く考えていません」

できれば私は一生レーヴ・ポステュムの活動を続けていきたい……。

その後も真澄さんは音楽のことに限らず、趣味や誕生日や血液型や住んでいるところまで色々なことを聞いてきた。初対面だから興味があるらしく、会話をしている時の真澄さんは心底楽しそうだった。

「そういえば白川さんは海の公園に行ったことはありますか？」

「いいえ、初めてです」

「そうですか、とてもいいところですよ」

海の公園の駐車場に着くと植田が荷室から車椅子をおろし真澄さんを座らせた。真澄さんは植田に丁寧にお礼を言った。

「ありがとうございます」

真澄さんは自分で車椅子を進ませようとしたが、真理乃様が後ろに立たれた。

「無理することないのよ。さあ行きましょうか」

駐車場を出るとすぐに砂浜と海が見えてきた。夕陽が大海を真っ赤に染めていてとても美しい景色だった。しかも冬のせいか砂浜には誰もいないので心落ち着く場所だった。

この景色を見ていると世の中が自殺や犯罪で溢れているのが嘘みたいだ。

砂浜に出ると植田が真理乃様に言った。

「ここからは私が」

足場が重いからと植田が気を遣ったのだ。植田は波打ち際まで車椅子を押した。今井、大石、森の三人も海に近づいていった。

真理乃様は海を眺められながら感じ入ったように仰った。

「いつ来ても美しいわ」

真理乃様は私の方を向いて話しかけてくださった。

「いい場所でしょ?」

「はい。とっても」

「この季節はほとんど人が来ないから気分がいいわ」

「そうですね」

「湊が生きていた頃は三人でよく来たわ。真澄が家に閉じこもりっぱなしだから海を見せてあげたいって」

「本当にお優しい方だったんですね」

真理乃様は、ええと頷かれた。

「真澄くんは、湊と一緒にこの広い砂浜を走り回りたかったと思うわ。湊だってそうだったはずよ」

ただ海を眺めることしかできない真澄さんを見て私は気の毒に思った。

「湊は、普通の子みたいに運動したり遊びに行ったりできない真澄くんのために、手となり足となって色々サポートしてあげていたわ」

私は一瞬車椅子を押す植田が湯川さんに見えた。

「可哀相に。真澄くんにとって湊は自分よりも大切な存在だったはずよ」

真理乃様は続けられた。

「私は湊にはなってあげられないけど、湊に代わってできるだけサポートしてあげたいの」

「真澄さん、凄く嬉しそうですね」

真理乃様は微笑まれた。

「そうね」

ミミ待ちなさい！　と遠くの方から女性の声が聞こえてきたのはその直後だった。元気のいいヨークシャーテリアがこちらに向かってやってくる。その後ろには必死な顔をして追いかける中年女性がいた。どうやらリードを離してしまったようだ。

飼い主にいくら呼ばれてもヨークシャーテリアは振り向きもしなかったのに、真澄さんが一言、

「おいで」

と声をかけると不思議なことに真澄さんの元へ尻尾《しっぽ》を振りながら歩いていった。ヨークシャーテリアを抱き上げた真澄さんはよしよしと優しく撫で、やっと追いついた飼い主に返した。真澄さんは真理乃様に微笑むとこちらに戻ってきてこう言った。

「真理乃さん、植田さんから聞きました。今日『演奏』があるそうですね?」

「ええ、そうよ」

真澄さんは晴れやかな表情で言った。

「僕も連れて行ってください」

真理乃様はその言葉に意外そうなお顔をされた。

「そんなこと今まで言ったことないじゃない。今日はどうして?」

「兄の一周忌だからかな。僕も行きたくなったんです」

真理乃様は迷わずお答えになった。

「わかったわ。一緒に行きましょう」

「はい！」

真澄さんは今日一番の笑みを浮かべた。

8

「雨が降るわね」

本番会場に向かう途中、真理乃様が空を見上げながらふと呟かれた。私は空を見たがその気配は感じられなかった。夜空には雲一つない、むしろ星まで見えているのだ。

窓を少しお開けになられていた真理乃様は、雨のにおいがするわ、と仰った。

「雨のにおいですか？」

真澄さんが聞いた。

「ええ、そうよ。演奏が終わるまで雨が降らないことを祈りましょう」

真理乃様の予報は天気予報士よりも当たる気がするから、私は雨が降ると思いこんで少しそわそわしたのだった。

本番十分前私たちは本番会場であるよこはま動物園ズーラシアに到着した。

入口手前に一台の軽自動車が停まっている。植田が少し離れた場所に停車すると軽自動車の扉が開き、中からノブが出てきた。これから命を絶つノブは落ち着きがなく顔はもう真っ青に変色していた。真理乃様は時計を確認されると真澄さんを振り返られた。

「では真澄くん、行ってくるわ」

「分かりました。いい演奏期待しています。兄も応援していると思います」

「ありがとう」

私たちは車から降りてノブの元へ向かった。

「ノブさん、お待たせしました」

真理乃様が挨拶され、私たちは深々と頭を下げた。

「ど、どうも」

「今日はノブさんのために一生懸命演奏させていただきますわ」

真理乃様がそう言われると初めてノブが顔を上げた。

「あ、あの、真理乃さん」

「何でしょう」

ノブは額の汗を拭いてあわあわと口を開いた。

「き、きょ、今日はよろしくお願いします」

ノブは挨拶さえもしどろもどろで極度の緊張状態だった。今までは妙に冷静な人間ばかりだったから気づかなかったが、私という女は死に怯える人間を見るといつも以上に血が騒ぐことを知った。

「お任せください」

真理乃様は私たちに準備にとりかかるよう指示された。私はその時ふとノブの車の中を見た。助手席に七輪と炭が用意されてある。真理乃様曰く苦しまずに死ねるということだが、私にとって一酸化炭素中毒死は初めてのパターンだから楽しみで仕方なかった。

真理乃様は私たちの準備が整うとノブにお声をかけられた。

「ノブさん、では演奏を始めたいと思いますがよろしいでしょうか？」

ノブの肩がビクッと跳ねた。

「は、はい。よろしくお願いします」

声はもう裏返っていた。真理乃様は私たちの前に立たれタクトをお持ちになると夜空を眺められた。

真理乃様は今湯川さんと交信されているに違いない。私は目を閉じて湯川さんを思い浮かべ、是非一緒に演奏しましょうと言葉を送った。

真理乃様は私たちに視線を戻されるとタクトを空に掲げられた。

静寂の動物園にノブが希望した『みんなのプリリン』のテーマが流れる。

出だしは静かに優しく。

真理乃様は手振りは大きく、しかしお身体はふんわり揺らされながらタクトを振られる。

私には真理乃様が一瞬、今にも飛び立つ白鳥のように見えた。

サビに近づくにつれて真理乃様の動作は大きくなってゆかれる。そしてサビになると序盤とは一転、真理乃様は迫力のある指揮をされた。でも、お顔は心底楽しそうで嬉しそうだった。真理乃様の瞳には湯川さんの姿がお見えになっているようだった。心の中でお喋りされているのであろう。

私も湯川さんが隣で一緒にバイオリンを弾いているのを想像して音を奏でた。だから今夜はいつも以上に音が綺麗に聞こえた。

幻想ではない。今私たちの傍に湯川さんがいる。きっと真澄さんにも湯川さんの姿が見えているであろう。

今夜は特に楽しい。私は弓を動かしながら思った。

だがある違和感に気づいたのは曲の終盤、ノブに視線をやった時だった。

私は今までノブ以外、五人の自殺志願者を見てきたが、彼らは演奏中泣くか、憎しみに顔を歪めるか、放心しているかのいずれだった。でもノブはどれでもなく辺りをキョロキョロと見回して落ち着かない。あろうことか曲すら聴いていないのだ。だが真理乃様はノブに背を向けられているからそれにお気づきになられるはずがない。

何かがおかしい。私のパートは最後に見せ場があるのだが気が気ではなかった。

真理乃様は曲の終わりに両手を広げ指揮をピタッと止められた。だが私は真理乃様を見ていなかったのでほんのわずかに皆とタイミングがずれてしまった。もちろん真理乃様はそのわずかなミスにお気づきになり私にお顔を向けられた。私は申し訳なくてすみませんと心の中で謝った。

曲が終了してもノブからは拍手どころか何の反応もなかった。

ノブの車の陰から若い男女が現れたのはその直後であった。

男は小柄だがちんぴら風で右手にはビデオカメラを持っている。女はまだ幼く、もとは可愛らしい顔をしているのであろうが、男の影響だろう化粧が不自然なほど濃く、恰好もかなり派手だ。

男はビデオカメラを向けながらふざけた口調で言った。

「おもしれえ映像撮らせてもらったぜ。ほら、まだ回ってるぞ。そんな顔してねえでみんな笑って笑って。なんならもう一度演奏してくれてもいいんだぜ」

女は手を叩いてゲラゲラ笑っている。突然のことに私たちは硬直していたが今井が詰め寄った。

「ちょっとアンタたち一体なんなのよ！」

男は上唇をつり上げて嫌な笑みを見せた。

「お前らなんだってな、ニュースに出てた謎の演奏グループって。いやあ生で見れてマジ感動だよ。なあ希美《のぞみ》」

女はうんうんと頷いた。

「豚ちゃん、お前ホントいい情報提供してくれたよ」

男は愉快そうにノブに言った。私はこの時、やっぱりそうかと思った。こいつらは、ずっとノブを恐喝していた例の二人だ。ノブは先ほどからこの二人を気にしていたのだ。

私はノブに対して激しい怒りが沸き立った。

今井は気まずそうにしているノブに鋭い目を向けた。

「アンタどういうこと！」

ノブは今にも泣きそうな顔で何度も頭を下げた。

「すみませんマリさん。やっぱり僕どうしてももう一度ノンたんと一緒になりたくて、直《な》《お》志《し》さんに『レア』な情報を提供したら残りの借金をチャラにしてノンたんを返してくれるかもしれないと思って……本当にすみませんマリさん」

「………」

「豚ちゃん、約束通り借金はチャラにしてやるよ。お前は借金以上の働きをしたぜ。でも希美は返すわけにはいかねえなあ」

女がウフフと笑った。ノブは大げさに膝からがくりと崩れ落ちた。

「そ、そんな……約束と違うじゃないですか」

「そんなことどうでもいいわ！」

今井が叫んだ。

「それよりアンタ、そのビデオカメラ渡しなさい」

「馬鹿かお前。こんな大事な代物《しろもの》渡すわけないだろう。お前ら分かってるか？　もし豚ちゃんが死んでたら殺人だぜ。てゆうか女子高生殺したんだろ？　でも安心しな。警察には言わねえでやるよ。そのかわり口止め料をガッポリいただくけどな」

「なんですって……」

しかし今井はそれ以上言い返せなかった。男は今井を封じると真理乃様を指さした。

「明日にでもお前に連絡するからよ。よろしく頼むな」

男は真理乃様に手を上げるとノブに命令した。

「豚ちゃん行くぞ。運転しろ」

「は、はい分かりました」

ノブは車に乗る前に私たちに申し訳なさそうに頭を下げた。ノブが運転席の扉を閉めると今井が地団駄を踏んだ。

「あの豚野郎、ふざけたマネしやがって！」

今井は真理乃様を振り返り袖を摑んだ。

「どうするんだい真理乃。大変なことになったよ」

真理乃様のお身体は激しく震えられていた。真理乃様には今井の言葉が聞こえていらっしゃらないようだった。

「この大事な日になんてこと……なんてことをしてくれたの！」

私はノブに対する怒りよりも信じられないという気持ちの方が強かった。走り去る車を見つめながら、馬鹿なと頭の中で叫んだ。

これまで自殺志願者を確実に死に導いてこられた真理乃様が……。

私は真理乃様が候補者を見誤られたなんて思いたくなかった。これは何かの間違いだと自分に強く言い聞かせた。

ノブたちが闇に消え去った時私は頬に冷たいものが伝ったのを知った。空を見上げると、いつの間にか大粒の雨が落ちてきていた……。


翌日私たちはいつもの珈琲館に集まった。しかし招集をかけたのは真理乃様ではない。今井であった。

今井は時計に目をやると爪でテーブルをカツカツと叩きだした。約束の時間を三十分過ぎても真理乃様がお越しにならないのだ。私はもしかしたらこのままいらっしゃらないのではないかと思った。

ノブたちが去った後私たちもすぐに車に乗ったのだが、真理乃様は真澄さんの声にすら反応を示されず一言もお言葉を発されないままご自宅に帰られたのだった。車中ずっとお背中を向けられていたのだが、真理乃様のお身体の震え方が尋常ではなかったから私はずっと心配だった。

今井と同じくずっと時計を眺めていた私はもしかしたらあの『直志』と呼ばれていた男と何らかのトラブルがあったのではないかと気が気ではなかった。もしくはあまりの怒りとショックで倒れられてしまったのではないか……。

扉についたカウベルが鳴ったのはそれから更に十五分が経ってからだった。私は素早く振り返り、真理乃様、と小さく声に出した。でも私は安堵することはなかった。真理乃様のお顔はとても厳しく、私たちに一瞥《いちべつ》もくれずお席につかれたのである。こんな怖い表情を見たのは初めてなので私は身震いした。

「こんなに遅れるなんて一体どういうつもり。私たちが大変な状況だってことが分かってるの?」

真理乃様がお席につかれるなり今井が文句を言った。私は真理乃様に何てことを言うんだと今井を睨み付けた。

「何とか言ったらどう」

しかし真理乃様は今井と目すら合わせようとなさらない。今井は一つ咳払いをして声の調子を変えて聞いた。

「それより真理乃。昨日の男から連絡あったんだろ？　何て言ってきたんだい？　莫大な金額をふっかけてきたんだろう？」

私たちが一番聞きたかったことだが真理乃様はそれにもお答えにならなかった。

今井はとうとう怒鳴った。

「真理乃！　いい加減にしなよ！　アンタだけの問題じゃないんだよ。もしあの男があのビデオを警察に持っていったら私たちはどうなると思ってるのよ！」

今井の言葉に真理乃様はフフフフと笑われた。しかしいつもの穏やかな笑みではなかった。

「何がおかしいのよ」

「最初から罪の意識なんてなかったじゃない。なのに、何を今更警察だなんて」

私はこの時背筋がぞっとした。真理乃様のお声と喋られ方がこれまでと全然違ったからだ。今井も驚いたのだろう、黙ってしまった。

「安心しなさい。あの男はそんなことはしないわよ」

「そのかわり金を要求してきたんだろう？」

「私が全額払えば問題ないでしょう」

真理乃様は簡単に仰ったが、今井が言ったように莫大な金額を要求されているに違いない。私は真理乃様が心配でならなかった。

なのに真理乃様は……。

「そんなことより」

と呟かれ、突然私と植田に厳しい視線を向けられた。

「あなたたちをノブのところへ連れて行ったから失敗したのよ」

真理乃様のそのお言葉は刺《とげ》のように鋭くて、氷のように冷たくて、私の胸を貫いた。

私は激しく動揺した。真理乃様が仰ったなんて信じたくなかった。

「それだけじゃないわ。あなたたち三人もよ。昨夜の演奏は何。どのパートもミスが目立ったわよ。もっと綺麗な音を奏でていればこんなことにはならなかったのよ」

プライドを傷つけられた今井は怒りに震え、森は悲しそうにクマのぬいぐるみを抱きしめ、大石は目を剥き出して呼吸を荒らげた。

「まあいいわ。今から『次の人間』に会いに行くから、次は必ず美しく死なせるのよ」

私はこの時真理乃様がもうすでに次の候補者を見つけられていることに漠然とした危機感を覚えた。昨日の今日だから余計そう思ったのだ。こんなこと口が裂けても言えないが、真理乃様は自殺志願者を死なせることに焦っておられるような気がしてならなかった。

誰も返事はしなかったが、真理乃様はお席をお立ちになった。

振り返られた時私は目が合ったのだが、真理乃様はとても冷たい目をなされた。私はこの時が一番悲しくて、

『真理乃様お願いです、私に振り返っていつもの笑みを見せてください』

と心の中で願ったが、真理乃様はそのまま珈琲館を出て行かれてしまわれたのだった。


真理乃様から楽譜をいただいたのはその翌日のことだった。大学のキャンパスを歩いていると、

「ちょっと待ちなさい」

と後ろから声が聞こえた。

明らかに真理乃様のお声だったので振り返ったが、今まで真理乃様からそんな呼ばれ方をされたことがなかったから私は戸惑いを隠せなかった。

真理乃様は昨日と変わらず、冷ややかな目をされていた。

「お、お疲れ様です」

挨拶すると真理乃様はバッグから楽譜を出された。

「次の演奏曲よ」

「は、はい」

私は返事をしたもののすぐに楽譜を受け取れなかった。

真理乃様は今あの男から脅迫を受けている。なのに次の演奏曲を決めてこられたのだ。

真理乃様は平然とされているが、かなり無理をされているのではないか。本当にあの男との問題は大丈夫なのだろうかと心配だった。

「何ボーッとしてるの。早く取りなさい」

私はそのことをたずねたかったがとてもそんなことを聞けるような空気ではなかった。

「ありがとうございます」

私は丁寧に受け取った。

「昨日言われていた候補者でお決まりになったのですね」

私は恐る恐る聞いた。

「そうよ」

私は楽譜に視線を落とした。題名は『風と星とメビウスの輪』と書かれてあり、その横には Mr.Children と書かれてあった。

私は Mr.Children は知っているが、この曲は題名すら聞いたことがなかった。

「本番は一週間後の夜の十二時。場所は丹沢のヤビツ峠よ」

真理乃様のご説明はそれだけで、自殺志願者の詳細は一切教えていただけなかった。私はもう少し教えていただきたかったがやはり尋ねることができなかった。

「明日合わせるわよ。ミスをしないよう今日しっかり練習しておくのよ。いいわね」

真理乃様は命令口調で仰った。

「はい、分かりました」

私は真理乃様の目を見て返事することができなかった。

真理乃様は最低限のことを告げられると私に背を向けられた。

「あ、あの……」

私はやはりこのまま別れることができなくて勇気を振り絞って呼び止めた。真理乃様は一拍置かれて振り返られた。

「なに？」

「あの、本当に大丈夫なのでしょうか」

「なにが？」

「ですから、その」

私はあの男の件について聞きたかったのだが、ご気分を損なわせないようにするにはどう尋ねるべきか迷っていると真理乃様はすぐに察された。

「あの男のこと？」

「はい、そうです」

真理乃様はうんざりしたようにため息を吐かれた。

「言ったでしょう？　私が処理するって。だからあなたには関係のないことなのよ」

真理乃様はそう仰ると再び私に背を向けて行かれてしまった。

私はその場に茫然と立ち尽くした。悲しさと寂しさとが一気に胸の中に広がった。

「真理乃様……」

私はあなたを心底心配しているのです。なのに関係がないだなんて……。

私は真理乃様の遠くなってゆくお背中を見つめながら、あのお優しい真理乃様はどこへ行ってしまわれたのですかと問うた。

あの男やノブのことを許せないお気持ちは分かりますが、今の真理乃様は真理乃様ではありません。お願いですからいつもの真理乃様に戻ってください。

どうかお一人で抱えこまないでほしいのです。無理をなさらないでほしいのです。私にできることがあれば何でもいたしますから。

私は今の真理乃様を見ていると、胸がとても苦しいのです……。


その後私は授業に出席しかけたが踵《きびす》を返し、大学を出て駅の近くにあるＣＤショップに走って向かった。

今回の演奏曲である『風と星とメビウスの輪』がどういう曲かを一秒でも早く知りたかったからだ。

私はたとえどんなに自分のパートが難しくても今日中に完璧に仕上げることを心に誓っ

た。決して自分の演奏を誉めていただきたいからではない。いい演奏をすれば真理乃様が笑顔を見せてくださるかもしれないから。そして全て成功すれば嫌なことを全部忘れていつもの真理乃様に戻っていただけると信じているから。

いつまでも悲しんではいられない。自分から動かなければよい方向には進まないことに気づいたのだ。

急に真理乃様が別人のようになられてしまって、それがあまりにショックで、さっきまでの私は悲しむしかできなかった。どんなことがあっても惑うことなく真理乃様を信じるのが本当なのに。

真理乃様は変わられたのではない。平然としておられるがやはり男に脅されて苦しんでおられるのだ。初めての失敗で我を失われているだけなのだと思う。なのに私は今の真理乃様は真理乃様ではないだなんて酷いことを……。

真理乃様、私は何とかしてあなたのお役に立ちたいのです。烏滸《おこ》がましいかもしれませんが、今度は私が真理乃様を助けてさしあげる番です。といっても今の私には演奏で笑顔を取り戻していただくくらいしか思いつきませんが。それが私なりの恩返しです。

「白川さん」

突然声をかけられたから私は肩が弾んだ。CDショップに入る直前のことだった。私は振り返らずとも声の主が分かった。いつからかは分からないがまた彼女は私をつけていたらしい。私はウンザリした気分で植田を振り返った。

「何でしょうか」

また因縁をつけてくることくらいは覚悟していた。だが植田は文句どころか私に微笑みかけてきたのである。私は心構えをしていただけに拍子抜けした。

「次の演奏曲を買いに来たの?」

声も明るくこの前とはまるで別人だった。でも私は警戒を緩めなかった。この女何を考えているのか分からない。油断はできなかった。

「ええ、まあ」

「やっぱりそうだったのね。私もさっき真理乃さんから楽譜もらったわ」

植田は続けた。

「あれ以来、真理乃さん機嫌が悪いから少しでもミスしたら大変かもね」

お前に言われたくないと思った。

「それより何か用ですか?」

植田は困った顔を浮かべた。

「やだな、そんな怖い顔しないでよ。今日はね、この前酷いこと言っちゃったから謝りたいなと思って」

私は益々警戒した。あれからどれだけ時間が経っていると思っているのか。この女にそんな気持ちがあるはずがない。気味が悪くて仕方なかった。

「別に気にしてませんから」

「そっか、よかった。じゃあ仲直りの握手」

植田は満面の笑みで手を差し出してきた。私は一応握手に応じた。

「それと一緒に写真撮りましょ」

私はすぐに断った。こんな女と撮りたくないし、何より悪用される気がしてならなかった。だが植田はしつこかった。

「いいじゃない。ほらほらこっち来て」

植田は私の腕をぐいぐいと引っ張り顔を寄せるとデジカメのシャッターを切った。植田は今撮った写真を確認すると満足そうに頷いた。

「ああ白川さんと仲直りできてよかった。じゃあ明日の練習頑張りましょうね」

植田はそう言って大学の方へ歩いていった。私は植田の後ろ姿をしばらく見据えた。あの女、何を考えている……？

私は踵を返しＣＤショップに入った。そして Mr.Children の『SUPERMARKET FANTASY』というアルバムを購入した。

大学の授業が終わり自宅に帰った私は早速十二曲目に入っている『風と星とメビウスの輪』を、歌詞カードを見ながら聴いた。

短いバラードだが間奏にバイオリンの大きな見せ場がある。ラストは胸が震えるほどの力強さと迫力があった。

私は一度聴いて、いい曲だ、とは思った。

真夜中の峠と雰囲気が合っているし、そういう意味では今回の自殺志願者はいい選曲をしたと思う。

でも私はすぐにバイオリンを弾こうという気になれなかった。

なぜならこの音楽と歌詞に一抹の不安を覚えたからである。

私は歌詞カードを伏せて首を振った。そしてバイオリンを手に取って、その微かな不安を振りはらうように何度も何度も繰り返し弾いた。

次の日は朝から雨だった。天気予報は曇りだったのに嵐のような天気だった。私は授業中昼とは思えないほど暗い空に、真理乃様の笑顔を思い浮かべていた。

早く真理乃様に練習の成果を見ていただきたい。

昨日は家族が寝るまでひたすら練習し、今朝も三時間練習したから完璧に仕上がっている。上手に演奏すれば真理乃様はきっと微笑んでくださると私は信じている。

真理乃様からメールをいただいたのはこの日の授業がちょうど終わった頃だった。十八時にいつものスタジオに集まるよう書かれてあった。これから演奏部の練習があるのだからそこで仰っていただければいいのに、と思っていたら真理乃様は演奏部をお休みになられたのだった。

演奏部の練習を終えた私たちはすぐにスタジオに向かった。真理乃様はいつも借りている部屋で私たちを待たれていた。

腕時計を確認されると無言で立ち上がられた。

「真理乃、どうして部を休んだの？」

今井が聞いた。真理乃様は今井を一瞥されお答えになった。

「別にそんな気分じゃなかったからよ」

音楽が大好きでいらっしゃる真理乃様なのに、と私はまた寂しい気分になった。

「早速練習を始めましょうか。次は絶対に失敗できないわよ」

真理乃様はそう仰いながら私たちの前に立たれタクトを手に取られた。私はすぐに準備に取りかかったが、今井だけフルートをケースから取り出そうとしない。私はこの時からハラハラしていた。

「何をしているの？　早く準備して」

真理乃様が厳しい口調で促された。

「真理乃、練習を始める前に私たちに説明することがあるんじゃないの？」

「何かしら？」

「私たち、まだ今回の相手の詳細を聞いてないわ」

今井がそう言うのは何となく分かっていた。スタジオに向かう途中今井は皆にそれを聞いたのだ。

「アンタ一人でやってるんじゃないんだから、ちゃんと私たちにも説明してちょうだいよ」

真理乃様は薄く笑われた。

「別に自殺志願者の細かい説明なんていいじゃない」

「どうして」

「死ぬ人間のことを知っても仕方ないでしょう。違う？」

真理乃様は間を置かれずにこう仰った。

「あなたたちは黙って演奏していればいいのよ」

私はこのお言葉を聞いた瞬間身体中が熱水のようなものに包まれ、手が震え、涙が滲んだ。

私は心の中で真理乃様に問うた。

黙って演奏していればいいだなんて。では真理乃様にとって私たちは何なのですか？

音を奏でるロボットですか？　道具ですか？

もし仮に私たちが演奏できなくなったら価値無しですか？

そのようなお言葉だけは聞きたくなかったです……。

「さあ始めるわよ」

真理乃様は何事もなかったように改めて言われた。私は力なくバイオリンを構えた。今井は渋々フルートをケースから取り出した。

一応全員の準備が整うと真理乃様はスッとタクトを上げられた。しかし皆の気持ちがバラバラだから合うはずがなかった。真理乃様は手を叩いて演奏を止められた。

「あなたたちいい加減にしなさいよ！　何この汚い音は！　ちゃんと練習してきたの？　さあ初めから！」

真理乃様は再びタクトを振られたがまたすぐに止められて怒声を放たれた。それが繰り返し何度も続いた。

私は真理乃様が怒鳴られるお姿を見たくなくて一生懸命弾いた。他のメンバーの音は乱れていたが私はあれだけ練習してきたので一度も間違いはなかったと思う。なのに真理乃様は一度も私のことを見てくださらなかった。私だけではない。真理乃様は誰も見ておられないのだった。ただタクトを振られているだけだった。真理乃様と一緒に演奏しているというのに、こんなに寂しく辛い気持ちになるのは初めてだった。

真理乃様、お願いですから私たちを見てください。

でも真理乃様に私の想いは届かなかった。全員がバラバラだから演奏は最後まで酷いものだった。今までは誰がどれだけミスしようが本番までには仕上がっていたが、今回は一度も揃わずに本番日を迎えることになった。

9

日付が変更になる十分前、ヤビツ峠の頂上付近にある駐車場に一台のコンパクトカーがやってきた。私たちはすでに横一列になって整列していた。

「来たわね」

真理乃様は獲物を狙う蛇のような目つきで仰った。

車は駐車枠から大きくそれて停車した。

ライトが消えドアがゆっくりと開いた。中から出てきたのはまだ二十代と思われる髪の長い女だった。かなり美人顔だが目はうつろで、魂の抜けきった顔をしている。しかし最後は綺麗な姿で死にたいと思ったのだろう。しっかり化粧をして、髪を結い、服もドレスのようなワンピースで着飾っていた。

「お待ちしておりました」

いつもは丁寧に頭を下げられるのにこの日の真理乃様はお声をかけられるだけだった。

女性は手を前に揃えて私たちにお辞儀した。その動作は弱々しかった。

「さあどうぞこちらへ」

挨拶を早々に済まされた真理乃様は手すりの方へ女性を連れて行かれた。そこは街全体を見渡せる場所だった。

派手なネオンはないが、道路の照明、車のライト、人家の灯りだけでも十分綺麗である。遠い先に広がる景色とは対照的に、防護柵のすぐ先は暗闇が続いている。

女性は景色を眺め、

「よくここへ来ました」

と小声で言った。それが家族となのか、彼氏となのか、それとも友達となのか、真理乃様以外、誰も分からなかった。だから今井たちは女性に何ら興味を示していない。演奏が始まるのを待っているだけだった。

女性はまだ思い出に浸っているようだが真理乃様が遮るように口を開かれた。

「演奏を始めさせていただいてもよろしいでしょうか？」

真理乃様は早く女性を死なせたいという空気を醸《かも》し出されていた。

女性は振り返って、

「はい、お願いします」

と頷いた。真理乃様は私たちにお身体を向けられると言葉ではなく目で指示された。私はすぐに準備に取りかかったが、今井たちは愚図愚図だった。真理乃様は明らかに苛立《いらだ》っておられる様子だった。

ようやく準備が整うと、真理乃様は私たちの前にお立ちになり女性に一礼された。

真理乃様は木の揺れる音が止むのを待ってタクトを掲げられた。私はバイオリンを構え、真理乃様の瞳を見つめた。でも真理乃様は私と心を合わせようとしてくださらなかった。真理乃様は遠い先を見ながらタクトをゆっくりと下ろされた。『風と星とメビウスの輪』の原曲では前奏部分はピアノが主だが、私と植田が務めた。前奏が終わると真理乃様はフルート、ファゴット、オーボエの三人に指示を出される。しかしすぐに真理乃様は森に鋭い視線を向けられた。私にもオーボエがずれたのが分かった。今度は大石だ。凡ミスが真理乃様を刺激する。二人だけではない。今井と植田も真理乃様の納得する音を出せなかった。まだ前半だというのに真理乃様は怒りに震えられた。今にもタクトを地面に叩きつけてしまわれそうであった。そんな状態で曲はバイオリンの見せ場である間奏に入った。私は身体を激しく揺らし熱を込めてバイオリンを弾く。

この頃からだった。女性がワンピースのポケットから一枚の写真を取り出し泣き始めたのは。

最後のサビは大泣きしながら歌っていた。だがそれが真理乃様にとっては耳障りだったらしく不愉快なお顔をされた。

私たちは最後の最後まで息がバラバラだった。真理乃様がタクトを止められたのに、今井と植田がわずかにずれた。だが今井は悪びれた様子もなかった。植田は気まずそうに下を向いた。

私は小さく首を振った。

こんな演奏では真理乃様が笑顔を取り戻してくださるはずがない。

私は落胆してバイオリンを下ろした。

真理乃様は怒りをぐっとこらえて女性を振り返られた。

曲が終了したのだから防護柵を乗り越えて飛び降りるのが私たちの中では当たり前であった。しかし女性はその場に屈んで大声で泣き大きく首を振った。

「し……ない」

泣きながらだったので私は聞き取れなかった。女性は叫ぶようにもう一度言った。

「やっぱり死ねない。死ぬことなんてできない！」

女性が死ぬのを躊躇っているのが分かった瞬間私の身体に緊張が走った。

女性は写真に話しかけた。

「ごめんなさい、あなた。ごめんね、健ちゃん。やっぱり私二人のとこへは行けない。私が馬鹿だった！　簡単に命を捨てたらいけないよね。私が死んだって二人は喜ばないよね」

私はこの時彼女は亡くなった旦那と息子の後を追おうとしていたことを知った。

「これから二人の分まで生きるから。だから天国で見守ってて」

女性は死ぬ直前で一転、もう一度生きることを決意したのだった。

私はもしかしたら、『風と星とメビウスの輪』がそうさせたのではないかと思った。

初めて聴いた時悪い予感がしたのだ。

命の重さや人の弱さを教え、一歩ずつでいいから、疲れたら立ち止まっていいから、と未来へ進むよう背を押してくれる歌詞と、身震いするほどの力強い音楽には生きる希望や勇気を与える力がある。

家族を亡くし暗闇の中にいた彼女は、この曲を歌いながら家族の声を聞いたのではないか。

あの時抱いた一抹の不安が現実のものになってしまおうとは……。

何よりショックなのはまた真理乃様が候補者のご判断を誤られたことだった。

女性は立ち上がると真理乃様に深く頭を下げた。

「マリさん、本当にありがとうございました。大切な家族を亡くし、私は生きる気力をなくしていましたが、あなたたちの演奏を聴いたら力が湧いてきました。もう一度生きようって思えました。二人も喜んでくれていると思います」

その瞬間真理乃様の目が黒光りされたように見えた。

「あなた何言ってるの」

今の声は女性には聞こえなかったろう。私は身震いした。

真理乃様は女性に近づいていかれながら、

「私たちの演奏を聴いた人間は、死ななければならないのよ」

と仰った。そして真理乃様は女性の服を摑まれ、

「これ以上私たちのレーヴ・ポステュムを汚すな！」

と叫ばれて、女性を思い切り突き飛ばしたのだ。女性は防護柵を越え、奇声を上げながら崖を落ちていった。

「真理乃様！」

私は悲鳴を上げ、

「真理乃！」

今井が怒声を放った。

「なんてこと……なんてこと」

真理乃様は私をきっと睨まれた。

「あの女はレーヴ・ポステュムを汚そうとしたのよ。死んで当然でしょう」

今井が真理乃様の元へ駆け寄った。

「真理乃、あんた大変なことをしたんだよ」

「………」

今井は真理乃様の腕を掴んだ。

「とにかくここから離れるよ！」

今井は真理乃様を引っ張った。

「あんたも早く来なさい！」

私は今井の声でハッとなり車に乗りこんだ。植田は急いでエンジンをかけ、猛スピードで山を下りていった。


真理乃様のご計画通り女性は死んだが、私たちの演出によるものではない。罪名が自殺幇助から、殺人に変わった……。

「私、レーヴ・ポステュムを抜けるわ」

沈黙を破ったのは今井だった。一時の感情とは思えないほど冷静で冷たい声だった。

「殺人まで犯して……もう我慢の限界。ついていけないわ。私これ以上トラブルに巻きこまれたくないから」

今井が脱退を告げても真理乃様はお背中を向けられたままだった。

「美恵子、あんたはどうするんだい」

森はクマのぬいぐるみを胸に強くあてながら、

「私も怖いから辞める」

と迷わず言った。

「明はどうする」

大石はいつものようにうーうーと変な声を出すだけだが、自分の身体は傷つけなかった。

「沙百合は」

植田は真理乃様を一瞥し、

「私は……」

と呟いた。真理乃様を気遣ってその先は言わなかった。

私は耳を塞《ふさ》ぎたい思いだった。

真理乃様は湯川さんとご一緒に作られたレーヴ・ポステュムをこれ以上汚されるのがどうしても許せなかったのだ。だから我を失ってあんなことを……。

みんな真理乃様のそのお気持ちを理解してあげてほしい。お願いだから辞めるだなんて言わないでほしい。真理乃様が可哀相すぎる……。

「琴音は？」

今井は私にも聞いてきた。

「私は辞めません」

私はきっぱり答えたが、真理乃様に私の声は届いてはくれなかった。真理乃様は突然肩を揺らしてクスクスと笑われた。

「何がおかしいのよ」

今井が不愉快そうに聞いた。

「自殺幇助も殺人も変わらないでしょ。今更何言ってるのよ」

真理乃様はそう言われたが引き留められているわけではなかった。

「いいわ。辞めたいなら辞めなさい。誰も止めないわ」

私が一番恐れていた言葉だった。

「待ってください。どうか冷静に」

「安心して」

今井は私を遮った。

「今日のことは誰にも言わないから」

「言えるわけがないわ。あなたたちも共犯なんだから」

「なんですって！」

私は胸が張り裂けそうなほど苦しかった。

私の大切なレーヴ・ポステュムが音を立てて崩れていく……。

「もうやめてください！」

私は叫んだ。

その時である。植田が急にハンドルを切った。真理乃様と今井に気を取られていたのだろう、前方を走っていた原付に気づかずぶつかりそうになったのだ。植田は急ブレーキをかけたが間に合わなかった。車はスリップし電信柱に激突した。私は前の席に頭を強打し、そこで記憶が途切れた。

10

私が予期した通り、演奏部の練習が始まってもレーヴ・ポステュムのメンバーは誰もやってこなかった。昨夜の事故は皆軽傷で済んだから、『あの出来事』がなければ少なくとも今井たちは練習に出ていたはずだ。

やはり今井たちはレーヴ・ポステュムを抜けただけではなく、真理乃様との関わりを完全に絶つつもりのようだ。もしかしたら今日にでも退部届を出すかもしれない。

真理乃様があんなに苦しんでおられるというのに薄情な奴らだ。あれは『事故』、そう『事故』だったのだ。なぜそう思ってあげられないのか。なぜ真理乃様の痛みを理解してあげようとしないのか。

今井たちは仲間意識はもとより、レーヴ・ポステュムに対する思い入れも薄いからすぐに裏切れるのだ。奴らにとってはレーヴ・ポステュムはスリリングな遊びでしかなかったのだ。あんな奴ら辞めたければ辞めればいい。冷静になって考えてみれば新メンバーを探せばいいのだから。

そうですよね真理乃様？

まさかとは思いますが、解散なんて考えていらっしゃらないですよね？

真理乃様、私はレーヴ・ポステュムの今後については何一つ心配していません。心配なのはやはりあなたのことばかりです。あなたが今どこで何をされておられるのか。気が気じゃなくて先ほどお電話してしまいましたが、出てくださいませんでしたね。

私はあなたの精神状態がとても不安です。昨日のことは『事故』だったのです。だからあまり深く考え込まないでください。どうかお願いですから自分を追いつめないでください。

私はあなたに容疑がかかるのではないかと恐れてもいます。女性の遺体はまだ発見されていないし、もし見つかったとしてもあの時目撃者はなかったはずですからきっと自殺として処理されますよね？

私はあなたが遠いどこかへ行ってしまうことを想像するだけで冷静でいられなくなります。あなたはずっと私の傍にいてくれますよね？　私はそう信じています……。

「では早速練習を始めましょうか」

言ったのは演奏部の顧問である肥後《ひご》だ。もう六十を過ぎた老人である。肥後はのんびりと部員の前に立ち、タクトを手に取った。

その時である。練習室の扉が勢いよく開いた。

私の瞳に真理乃様のお姿が映った。

「真理乃様……」

私は心が震えた。もしかしたら真理乃様も部をお辞めになるおつもりなのではないかと心配していたのだ。表情は昨夜のままだが私はひとまず安心した。

真理乃様、私は何度でも言います。私はどんなことがあろうとあなたに対する想いは変わりません。残念ながらレーヴ・ポステュムは二人になってしまいましたが、私は決して諦めません。活動が再開できるよう頑張って、一緒にレーヴ・ポステュムを守っていきましょう。

「小野くん、包帯なんて巻いてどうしたね？　大丈夫かい？」

肥後は真理乃様の左腕を見て言った。

「ええ」

「気をつけるんだよ。バイオリンが弾けなくなったら大変だよ」

真理乃様はそれにはお返事されず、バイオリンをケースから取り出されると私から少し離れた位置に移動された。この時もやはり私の目を見てくださらなかった。

「では改めて練習を始めましょうか」

肥後はゆっくりとタクトを掲げ全員の準備が整ったのを確認すると腕を下ろした。

曲はモーツァルトの『アイネ・クライネ・ナハトムジーク』だ。来週、大学の近くにある老人ホームで月に一度行われる演奏会があるのだが、そこでこの曲を披露することになっている。

特に難しい曲ではないが、可もなく不可もなくといった演奏である。肥後もたいした指揮ではないが気持ちよさそうであった。

だが突然演奏が中断された。

皆の視線が真理乃様に集まった。真理乃様のお足元には弓が落ちている。私はその瞬間を見ていないが、真理乃様は弓を落とされたのではない。明らかに叩きつけた音だった。

真理乃様は怖い目つきで弓を見下ろされている。お身体は激しく震えられていた。

「ど、どうしたんだね小野くん」

肥後が問いかけた次の瞬間真理乃様はバイオリンを両手で握られ、大きく振りかぶると床に思い切り叩きつけられた。

部員たちは悲鳴を上げ、肥後は腰を抜かしあわあわとなり、私は身体が硬直した。しかし心臓は破裂しそうなくらい暴れていた。

真理乃様はまるで悪霊に取り憑かれてしまわれたかのように息を荒らげながら何度も何度もバイオリンを叩きつけられる。

その一投一投からは怒りと憎しみと悔しさが滲み出ていた。

真理乃様、お願いですからやめてください……。

私は涙で声にならなかった。真理乃様が狂い、壊れていく様を見るのが辛くて私は目を伏せてしまった。

真理乃様のお怒りがおさまられた時、バイオリンはもう滅茶苦茶に壊れていた。真理乃様はご自分のバイオリンに何の未練も残されず音楽室を出て行かれた。

私は少し遅れて音楽室を飛び出した。途中まで追いかけたが声をかけることができなかった。

やがて私の視界から真理乃様のお姿が消えた。

私はこの時なぜ真理乃様を抱きしめてあげられなかったんだろうと激しく後悔した。と同時に悪い胸騒ぎが湧き起こったのだった。

翌日から真理乃様は大学にも演奏部にもお出にならなくなった。そしてお姿をお見せにならなくなってから二日後の朝、このニュースが流れたのである。

『次は殺人事件のニュースです。相模野大学の女子学生が二人、自宅前で刃物で胸を刺されました。すぐに病院に運ばれましたが、出血多量により間もなく死亡しました。被害にあった女子学生は森美恵子さんと大石明さんの二人です。二人ともそれぞれの自宅前で犯行にあっており、凶器も刃物ということで手口が似ているため、犯人は同一人物と見て、警察は捜査を進めています』

森と大石が、殺された……。

私はしばらく放心状態から抜け出せなかった。レーヴ・ポステュムのメンバーが同時に殺されるなんて偶然とは思えなかった。あの時の悪い胸騒ぎの真の正体はこのことだったのか……。

私は否定するように頭を振って、一瞬頭にちらついてしまった真理乃様のお顔を消したのだった……。

二人の学生が同じ日に殺されたとあって大学の正門前には警察とマスコミが大勢立っていた。

私は人だかりをかき分けて正門をくぐり抜け、キャンパスに入る前に刑事たちを振り返った。ニュースを見る限り彼らはまだ犯人の手がかりなど、二人が演奏部に所属していたということ以外何も摑んでいないようだが、いずれ私たちのところへ辿り着くだろう。打ち合わせの時に使っていた珈琲館の店員や、練習の時に使用していたスタジオのスタッフから、私たちがいつも集まっていたと証言を得るはずだから。

警察の目が私たちに向けられたら、まず最初にレーヴ・ポステュムの活動内容を知られ、次に『謎の演奏グループ』だったことが発覚し、そして最後に真理乃様が殺人を犯したこともバレるだろう。どんなに私が黙っていても今井や植田が全て話すに違いないから。真理乃様がヤビツ峠で女性を殺したことが分かれば大石と森を殺した容疑者となるのも時間の問題だろう。

その最悪の展開だけは避けなければならなかった。どんな手段を用いても真理乃様をお守りする。

状況によっては私が女性を殺したと警察に話すつもりだ。もし仮に二人を殺していたとすれば、それも私がやったと……。

いや、真理乃様は二人は殺していない。そう、二人が死んだのは偶然という可能性もわずかではあるが残されているではないか。

そうですよね真理乃様？

二人を殺した犯人はあなたではないですよね？　お願いですから私にお顔を見せてはい

ただけませんか？　それが無理ならせめて電話には出ていただきたいのです。

あなたが今どこで何をされているのか私は心配でたまらないのです……。

「ちょっと待ちなさい」

廊下を歩いていると突然後ろから声をかけられた。私はその声に過敏に反応した。

振り返るとそこには今井が立っており私を鋭く睨み付けていた。

今井の顔は真っ青で、身体は小刻みに震えていた。私はいきなり腕を掴まれ近くのトイレに連れ込まれた。今井は私を壁に張り付けると詰問した。

「明と美恵子を殺したのは真理乃なんだろう？　なあそうなんだろう？　あんたは全部知ってるんだろう？　それとも真理乃に命令されて、あんたが殺したのかい？」

黙っていると今井は続けて聞いてきた。

「真理乃から連絡あったんだろう？」

私は口を尖らせて答えた。

「ありませんよ。むしろ何度かけても出てくれません」

「本当かい？」

「ええ」

今井は目を剝き出して言った。

「恐ろしい女だよ。裏切った私たちを殺すつもりなんだ。次は私か沙百合だよ」

私がそっぽを向くと今井はいきなり抱きついてきた。

「私どうすればいい？」

私は無視した。すると今井は私の太ももをさすりながら言った。

「不安なんだよ。お願いだから助けてくれよ」

段々興奮してきた今井は私の首筋を吸ってきた。私は虫酸が走った。今までは性的暴力を我慢してきたが、もうその必要はなかった。

「やめろ！」

私は今井を突き飛ばしてトイレを飛び出した。

「待って！　待ってよ！」

私にとってこれが今井の最後の声となった。

この日の夜、今井瑛子も殺されたのだった……。

11

大学の帰り道、私は君に話を聞いてもらいたくて回り道をした。

君は相変わらず同じ位置に立っていたけど、今日は照明があてられていたからいつもより更に華やかで美しく瞳に映った。

そういえば夜に会うのは初めてだったね。君は元気だった？　私はこの通り全然元気じゃない。

昨夜、今井も死んだよ。

彼女が言った通りになったんだ。大石と森が死んだのは偶然であってほしかったけど、やっぱり偶然じゃなかったよ。三人とも演奏部だから、警察は演奏部の中に犯人がいる可能性が強いと踏んでいると思う。聞き込みを進めて今は真理乃様が怪しいと思っているはずだよ。いや、もしかしたら何か証拠が出てきて真理乃様が犯人だと断定して指名手配しているかもしれない。

それは考えすぎかもしれないけど、二人が死ぬ二日前に突然狂乱してその後大学にも演奏部にも姿を見せなくなっているから、四人の間で何かトラブルがあったのではないかと考えるのは当然だよね……。

君はどう思う？

真理乃様が三人を殺したと思う？

違うよね？　君にはそうじゃないって答えてほしい。今日は君に勇気づけてほしくてここに来たんだ。

正直昨日の今井の言葉が頭から離れないんだ。次は植田が死ぬんじゃないかって不安なんだ。

もし殺されるなら、今日のような気がする……。

私は心の中で否定して携帯電話を手に取った。真理乃様にお電話するのはこれで何回目だろう。ほんのちょっとでいいからお声を聞かせてほしい。そして真理乃様が犯人ではないことを証明していただきたい。

私はいつもより長くコールした。一分以上経っても諦めなかった。

すると突然コールが止まった。私はすぐさま、

「もしもし！」

と叫んだ。だが真理乃様のお声は聞こえてこなかった。聞こえてきたのは、

『電波の届かない場所にあるか、電源が入っていないためかかりません……』

という無機質な女性の声だった。

私はもう一度発信ボタンを押したがやはり聞こえてくるのは虚しい機械音だった。

もうかけてくるなという真理乃様のお声が聞こえてくるようだった。

電源を切られただけではなく、縁まで切られてしまったような気がして私は心が激しく乱れた。真理乃様との別れを想像したら涙が溢れ、身体が震え、頭はもうどうにかなってしまいそうだった。

私は走っていた。君に別れも告げず……。

我に返った時私は自宅の前にいた。気づくと近くに停まっていた車のライトが光った。

フロントバンパーが派手にへこんだバンがゆっくりと近づいてくる。

植田であった。彼女は私の横に車を停め、運転席から助手席のドアを開けるとあわてた口調で言った。

「白川さん待ってたわ。早く乗って！」

わけが分からず困惑する私に植田は説明した。

「真理乃さんから連絡があったの。私たちに話があるって!」

私はこの時、真理乃様のことばかりに気がいっていて、植田の言葉をあまり深く考えなかった。

私は急いで車に乗り、シートベルトを締めようと横を向いた。

その時である。植田が私の口をハンカチで押さえた。私は抵抗することもできず、気を失った……。


眠りからさめた時、まず最初に目に映ったのは植田のバンだった。しかしまだ意識が朦《もう》朧《ろう》としていて見えるものもぼんやりだった。

ここは森か、それとも山か、たくさんの樹木が生い茂っている。辺りは真っ暗で月の光だけが頼りだった。

そうか私は植田の車に乗った直後、気を失って……。

思い出した瞬間太ももや脹《ふく》ら脛《はぎ》に痛みを覚えた。私は植田に引きずられたのだということを知った。

「お目覚めかい?」

植田はぜえぜえと息を切らしながら言った。私は植田を見上げて睨んだ。その時植田の肩に白い一巻きのロープがかかっているのを見た。植田はその白いロープを手に取ると私の身体を樹木に縛り付けた。私は逃げようと動いたがまだ頭がクラクラしていて激しく抵抗することができなかった。

植田は身動きできない私を見て愉快そうに笑った。

「いい気味だねえ。たまらないよ」

私は自分のことより真理乃様のことが気になっていた。

「真理乃……様は」

植田は気味悪く笑った。

「馬鹿だねえ。こんなところに連れてこられて、まだそんなことを言ってるのかい?」

「どういう、こと」

「こういうこと」

植田は言いながらサバイバルナイフを私に見せた。ナイフの先端には血がこびりついていた。私はこの瞬間、今井、大石、森の三人を殺したのはこの女だということを知った。

と同時に恐ろしい予感が全身を駆けめぐり、私を震えさせた。

植田は首筋にナイフをペタペタと叩きながら言った。

「悪いけどみんなには犠牲になってもらったよ」

植田は舌なめずりして唇をつり上げた。

「お前の大好きな真理乃さんにもね」

悪い予感とはその言葉であった。私は認めたくなくて否定した。

「嘘よ！　嘘よ嘘よ！」

「嘘じゃないさ」

植田は私を遮り、ポケットからデジカメを取り出した。

「この中に真理乃さんの写真も入ってるよ。なんなら見せてあげようか」

私は心臓を貫かれた思いだった。

真理乃様は、この女に殺されていた……。

私は頭が真っ白になり、次いで激しい痙攣(けいれん)が襲ってきた。

「……許さない！」

植田は挑発するように言った。

「真理乃さんの死体の写真をいちばん最初に撮らせてもらったよ」

バイオリンを破壊し、音楽室を出て行かれた真理乃様の後ろ姿が脳裏をよぎった。もしかしたらあの日に殺されたのかもしれない。

「真理乃様……」

私は真理乃様のお電話に繋がらなくなった時のことを思い出した。あの時私は真理乃様が電源をお切りになったのだとばかり思いこんでいたがそうではなかった。充電が切れてしまっていたのだ。

「どうして……」

私は声を震わせながら問うた。

「真理乃さんたちには何の罪も恨みもなかったよ。でも仕方なかったんだ」

私は植田の言葉の意味が全く理解できなかった。

「じゃあどうして！」

植田は突然話を変えた。

「ねえここがどこか分かるかい？」

辺りには樹木が生い茂っているだけだから分かるはずがなかった。

「ここはね、レーヴ・ポステュムの、いわばデビュー場所だよ」

植田は私から見て北の方を指さした。

「短大に通う女の子だったね。この先の崖から飛び降りて死んでいったよ」

「それが何！」

植田は今度は私の足元を指さした。

「真理乃さんだけは特別、せめて思い出の場所で死なせてあげようと思ってね」

私はハッと地面を見た。

「そう、お前の下に眠ってるよ」

植田は満足そうに言った。

「お前は大好きな真理乃さんを踏んづけているんだ。どうだい気分は？　真理乃さんはさぞ屈辱だろうねえ」

この女、なんてこと！

私はもがいた。ロープをほどいて殺してやろうと思った。

快感を得ていた植田の表情が突然憎悪に満ちた。

「私はね、お前が憎くて憎くて仕方ないんだよ」

「自分よりバイオリンが上手いから憎いのか！　だったら私だけを」

「違う！」

植田は叫んだ。

「そうじゃない。私は、私はお前のせいでどんなに辛い思いをしたか……」

植田はそこで止めた。

「お前だけはすぐには殺さないよ。痛みと苦しみをたくさん味わって死んでもらう」

「この気違い！　お前なんか死刑だ。そして地獄へ堕ちろ」

「私は捕まらないよ。警察はただ一人行方が分からない真理乃さんを疑っているだろうからね。お前の死体の傍に真理乃さんの指紋がついたこのナイフを置いておけば、真理乃さんが犯人ってことになるだろう？」

私の口の中がガリッと鳴った。嚙みしめていた歯がかけた音だった。

「お前は人間じゃない。悪魔！　殺人鬼！」

「黙れ！　その減らず口、今すぐ塞いでやるよ」

植田は私の目の前に立ちナイフを振り上げた。私は殺されてたまるかと、植田の半月板目がけて思い切り蹴った。

植田は奇声を上げて倒れのたうち回った。植田の声で骨の音は聞こえなかったが私は確かな手応えを感じた。折れてはいなくても膝の皿は外れたかもしれない。

「このクソ女！」

植田は激昂するが立ち上がれない。私はこの隙にロープを解《ほど》こうとするがなかなかうまくいかない。緩んできてはいるが外れてくれない！

植田は両手で左足を支えて立ち上がった。

「ぶっ殺してやる！」

植田は左足を引きずりながらやってくる。今度は私の後ろに回り、首にナイフをあてた。

「動くな！　おとなしくしろ！」

私は必死にもがいた。

「ありがたいと思えよ。真理乃さんと同じ場所で死ねるんだから」

植田が力を込めた時だった。ようやくロープが解けた。私は瞬時に首を横にずらして地面を這って逃げた。首からかなり血が流れているが致命傷には至っていない。

植田はこの世のものとは思えない恐ろしい声で追いかけてくる。

「死ね死ね死ね死ね死ね！」

少し走ったところで私は振り返った。左足を怪我している植田とは、すでに大きな差が開いていた。急に回復でもしない限り絶対に追いつけないだろう。

そうだ、山を下りて警察を呼ぼう。

そう思った時だった。私は急停止した。前方に道はなく、ただ夜空が広がるばかりだ。

先は断崖、しかし振り返れば植田がいる。どちらを向いても死に神が手招きしている。

やがて植田が闇から姿を現した。

「残念だったな。でも飛び降りるなよ。私はお前の死んだ写真が欲しいんだから」

植田は気が狂ったみたいに大笑いした。

私は後ずさりした。踵《かかと》に小さな石が当たり、その石は崖から落ちていった。

私が振り返った一瞬の隙に植田は金切り声を上げて突進してきた。

私は間一髪のところでかわし体を入れ替えて植田の身体を突いた。

反射的にやったのではない。私はこの時確かな殺意があった。

植田は奇声を上げながら崖から落ちていった。しばらくして呼吸がおさまった時、植田がいなければ今日はこんなにも静かな夜なんだなと思った。

私は崖から顔を出して植田の死を確認した。

真理乃様、あなたの敵《かたき》は取りました。あなたも植田の死を望まれていたはずです。少しは無念が晴れましたでしょうか。

私は殺人者となりましたが一切後悔しておりません。これが私の運命なのですから……。

私は走ってきた道を急いで引き返し自分が縛り付けられていた樹木の前で正座した。そして地面にそっと両手を置き土を掘り始めた。

私の動作はすぐに止まった。人間の肌に触れたのである。

土を払っていくと首が見えてきた。長い髪がたくさん巻き付いている。ネックレスのチェーンも確認できた。

首から上を掘り、真理乃様のお顔が見えた瞬間私は泣き崩れた。土を払ってお顔に手をあてると氷のような冷たさを感じた。

「真理乃様……どうしてですか」

なぜ死んでしまわれたのですか。なぜあなたは殺されなければならなかったのですか。

植田はあなたに何の恨みもなかったのです。なのにどうして犠牲にならなければならないのです。

私は悔しくて悔しくて仕方ありません……。

真理乃様のお顔についていた土が私の涙で少しずつ流れていく。やっと全部土が取れたのに、真理乃様のお顔は酷く変色していて別人のようになられてしまっていた。

真理乃様、私はあなたに謝らなければならないことがあります。大石、森、今井の三人を殺したのは真理乃様なのではないかと一瞬でも疑ってしまいました。そんなはず絶対にないのに。それどころか真理乃様は被害者だというのに。私は何て最低な女なのでしょう。

真理乃様、どうかこんな私をお許しください……。

私は真理乃様の頭を優しく撫でた。髪の毛についている土も丁寧に取ってあげた。

こんな姿にされて可哀相に。代われるものなら代わってさしあげたい……。

植田に殺された時は悔しかったでしょう。ここに埋められた時は悲しかったでしょう。

私はあなたを助けてさしあげることができなかった自分にとても腹が立ちます。音楽室を出て行かれた時にやはり止めておくべきだったと激しく後悔しております。

「真理乃様、なぜ一人で逝かれてしまわれたのですか」

私にとってはあなたが全てなのです。あなたがいない人生なんて考えられないのです。

真理乃様、目を開けてくださいませんか？

息を吹き返してください！

どうかお願いです。私の一生のお願いです……。

私はその後何時間経ったか分からないが気づけば朝陽が昇り始めていた。

涙も涸《か》れ果てた時、今度は沸々と怒りが湧いてきた。

植田に対してもそうだが、私は他に許せない人間が三人いる。私たちをハメたノブたちである。あいつらが余計なまねをしなければ真理乃様が壊れることはなかった。女性を殺すこともなかったろうし、大切なレーヴ・ポステュムがなくなることもなかったのだ。もしあの時ノブが死んでいれば真理乃様が植田に殺されることもなかったかもしれない……。

そう、あいつらのせいで歯車が狂ったのだ。

あいつらのせいで私は大切なものを全て失った。

絶対に許せない。

この恨み、晴らさずにいられるか。

罪は死んで償ってもらう。

「真理乃様、私はこれから奴らに復讐してまいります」

私は真理乃様をそっと寝かせて首につけておられる十字架のネックレスを外した。

「一人にして申し訳ありません。でもすぐに戻って参りますから」

私は真理乃様に土を被《かぶ》せて立ち上がり、山を下りたのだった……。


一時間近くかけて山を下りきった私はここが静岡県御殿場市小山町であることを知った。

私は駅を探したが歩けども歩けども民家すらなく、全く車も通らない道路を何キロも歩きやっとの思いでバス停を見つけたのだった。

昼前に東京に戻ってきた私はノブにコンタクトをとる前に湯川さんのお墓がある山手墓地に向かった。

私は湯川さんの墓石の前に屈んで、湯川さんが真理乃様にプレゼントされた十字架のネックレスを置き手を合わせた。

湯川さん、申し訳ありません。私はレーヴ・ポステュムを守れなかったどころか真理乃

様を助けることもできませんでした。私にはこのネックレスを湯川さんにお渡しすること
しかできませんでした。どうかお許しください。

せめてお二人が再会できていることを願います……。

目を開けて立ち上がった時、

「白川さん？」

と声をかけられた。振り向くと少し離れたところに真澄さんとお母様が立っていた。二人もちょうどお墓参りに来られたようだった。

私は俯き加減で会釈し横目で十字架のネックレスを見た。

大石、森、今井の三人の死を知っているだろう真澄さんが今このネックレスを見たら真理乃様の死を予感するだろう。私は真澄さんの悲しむ顔まで見たくなかった。できれば自分の口から全ての事実を告げることなくここを去りたいと思った。

「兄の墓参りに来てくださったんですか」

私は頷いた。

「それより白川さん、最近真理乃さんと会われましたか？」

真澄さんは自分で車椅子を押しながら聞いてきた。私は再びネックレスに視線をやった。

もう逃げ場を失った思いだった。

「いくら連絡しても繋がらないんです。今井さんたちのことがあるから心配で」

どう答えるべきか迷っていると急に真澄さんの動作が止まった。どうしたのだろうと視線を上げると真澄さんは驚いた表情で私を見ていた。

「白川さん、その首の傷一体どうされたんですか！」

私は言われて気づいたのだった。答えることができず、顔を伏せた。

「大変だ。すぐに病院に行かないと！　お母さん、白川さんを病院に連れて行ってあげて」

お母様はあわてて頷いた。

「ええ、そうね」

「いいんです！」

私は強く断った。

「何とも、ありませんから」

「いや、でも……」

「本当に大丈夫です。失礼します」

私は俯いたまま二人に頭を下げて、逃げるようにしてその場を去った。

「白川さん！　白川さん待ってください！」

しばらく真澄さんの声が聞こえていたが、私は一度も振り返らなかった。私は走りながら心の中で、真澄さんごめんなさいと告げた。


真澄さんに別れを告げた後私はすぐに携帯を手に取り、ノブが登録しているSNSサイトに繋ぎ、ノブとコンタクトをとるために登録を行った。

作業を終えた私は友人検索機能を使ってノブのページに入りメッセージを作成した。

『突然のメッセージ失礼致します。私、レーヴ・ポステュムの白川と申します。今日はマリさんの代理としてメッセージを送らせていただきました。

先日、直志さんと約束されたお金をマリさんから預かりましたので、最初に待ち合わせしたジョナサン町田店に、直志さんと一緒に来ていただけますか。よろしくお願いします』

本当はよこはま動物園ズーラシアを指定したかったのだが、金を渡すだけなのに変だ、と警戒されてしまいそうなので仕方なく最初に待ち合わせした場所を指定した。

あの男の彼女である希美を連れてこいと書かなかったのも同様の理由だ。あの男を呼べば女もついてくるだろうと私は見当をつけた。

予想した通りあの男はすぐに食いついてきた。三十分も経たないうちにノブから返信があった。

『了解しました。今直志さんに連絡をしたところ、十六時に来てくれと仰ってますが、よろしいですか？』

私はかしこまりましたとメッセージを送った。

会う約束を取り付けた私は一度自宅に戻り、タートルネックに着替えて首の傷を隠し、『復讐の準備』を整え、町田駅に向かったのだった。

約束の時間よりも三十分も早く店の前に到着したが、私は店の中には入らず隣のコインパーキングでノブたちが来るのを待った。

ノブたちが現れたのはそれから二十分後のことだった。ノブは自分よりもずっと年下の男の後ろをへこへこしながら歩いている。あの日死ぬはずだった奴の姿を見ているだけで私は拳が震えた。

一方男の方は大金が受け取れるとあってかなり上機嫌だった。十数分後の自分の運命なんて想像すらしていないだろう。

私が誤ったのは男の隣に希美の姿がない、ということであった。恐らく何らかの用事があったのだろう。

どうにか呼び出す方法はないか考えたが下手をすれば二人だって取り逃すことになる。仕方ない、女は諦めるしかなかった。

ノブたちはすぐ傍にいる私の存在に気づかず店の方に向かっていく。

「ノブさん」

声をかけるとノブたちは振り返り、こちらにやってきた。

「ど、どうも」

ノブは気まずそうに挨拶すると下を向いてもぞもぞしだした。決して私の目を見ようとはしなかった。

男は面白そうに私たちを見ていた。

「おいおい、お姉ちゃん。そんな怖い顔すんなって。豚ちゃんがビビってるじゃねえか。そんな怒ったら可哀相だろう?」

私は男を見た。男は一瞬真顔になったが突然鼻でフフフと笑い出した。

「相模野大の連続殺人事件の被害者って、お前の仲間だったんだな。あの時は真っ暗だったからニュースで顔見ても分からなかったけどよ、豚ちゃんに教えてもらって、撮った映像をよく観たらマジだったからびっくりしたぜ」

男は興奮しながら話した。私はじっと男を見ていた。

「俺は、お前らに自殺させられた人間の遺族が殺したって読んでるんだけど、どうよ？心当たりねえのかよ？」

男は心底楽しんでいる様子だった。私は当然答えなかった。

「あんな『遊び』してたら恨まれるに決まってるんだからよ、お前も殺《や》られないように気をつけな」

「……遊び」

その声は二人には聞こえなかったようだ。私がずっと黙っているからだろう、男は舌打ちした。

「つまらねえ女だな。まあいいや、早く金渡しな。その紙袋の中にあるんだろう？　一千万」

男は目をぎらぎらと光らせて紙袋に向かって右手をクイクイと曲げた。

私は紙袋に視線を落とした。

真理乃様は一千万もの大金を要求されていたのか……。

「あの女にいくら連絡しても繋がらねえからバックレたと思ったけどよ、まあいい許してやるよ」

私は男を無視してノブに言った。

「ノブさん、この前は私たち非常に残念でした」

ノブは申し訳なさそうに身を縮めた。

「だから今日は特別に私がもう一度あなたのために演奏してさしあげます」

ノブは突然のことにキョトンとしている。すかさず男が割って入った。

「何言ってんだテメエ」

私は紙袋を地面に置きケースの中からバイオリンを取り出した。

「おいテメエ、聞いてんのかコラ」

私はノブにお辞儀してバイオリンを構え、ノブが選曲した『みんなのプリリン』のテーマ曲を弾いた。目の前で真理乃様が指揮されているのを想像しながら。

「テメエいい加減にしねえと殺すぞコラ！」

男は大きな声を出して脅してきたが、私は構わず演奏を続けた。真理乃様の指揮に合わせて大きく身体を揺らして力強く弾いた。

「こいつ完璧ナメてやがるな」

男は拳を固めたが、周りの見物人に目をやると、

「こいつ狂ってやがるぜ」

と言って紙袋に手を伸ばした。

私は演奏を中断し、紙袋を取り上げた。

「テメエ……」

私はバイオリンをケースにしまい、紙袋の中から包丁を取り出した。

男とノブは目をギョッとさせ後ずさった。

「お、おい、何だよそれ。冗談だろ」

「演奏の邪魔をするな」

私は言って、男の腹を突き刺した。男は腹を押さえ私の身体にもたれかかった。男は耳元で何か言っているが通行人の悲鳴で聞こえなかった。私は男を押し倒してさらに心臓を

一刺しし、トドメに首を思い切り突き刺した。その一撃で痙攣していた男の動きがピタリと止まった。

私は顔にかかった血を拭いて、悲鳴を上げて逃げるノブを追いかけた。洋服を掴んだ私はまず背中を刺した。派手に転んだノブは痛い痛いと叫んだ。

私はノブの上にまたがった。

「助けてください！　殺さないでください！」

私は命乞いするノブの顔に包丁を向けた。ノブはヒイヒイと泣き始めた。

「お前のせいで何もかも崩壊したんだ」

「ごめんなさいごめんなさい！」

私は最後に、真理乃様に成りきって言った。

「私たちの演奏を聴いた人間は、死ななければならないのよ」

私は嫌だ嫌だと喚《わめ》くノブの喉に包丁を突き刺した。刃を抜くと果物を強く握り潰した時みたいに血が噴いた。

致命傷を負わせたが私はまだ怒りがおさまらず心臓を何度も刺した。

私の手が止まった時ノブは白目を剝き、洋服は真っ赤に染まっていた。時折ピクリと動くが直《じき》に止まるだろう。

私はしばらくノブの死体を見下ろしていた。

真理乃様、見ていてくださいましたか。私たちの恨み、晴らしました。

私は立ち上がり、肩で息をしながらバイオリンを取りに行った。通行人はみな茫然と立ち尽くしている。

バイオリンを手に取った私は駅へ向かった。真理乃様の元へ向かう前に、これから『君』のところへ行こうと思っている。

私は駅前の公衆トイレで顔を洗い、血のついた上着を捨てると、成城学園前駅までの切符を買って改札を抜けた。その時私の脳裏にふとある男の顔が浮かんだ。それは思い出したくもない顔だった。

そうだ、私には過去に憎んでいた人間が一人いたんだった。

あいつとはもう四年ほど会っていないから正直今となってはどうでもいい男である。

でも成城へ戻るついでだ。

どうせなら奴も殺しておこうか。

私の住む家から一キロほど離れたところに脇坂学の家がある。成城学園前駅を降りた私は徒歩で脇坂《わきさか》宅へ向かった。

百坪はゆうに超えているであろう敷地に武家屋敷を彷彿《ほうふつ》させる立派な木造屋敷が建っている。周りの家が貧相に見えてしまうくらい脇坂宅は一際目立っていた。

私は門の前に立ちインターホンを押した。まもなく女性の声が出た。

「どちら様でしょうか」

「私、上条知子と申しますが、学さんはご在宅でしょうか」

私は小中学時代に実際にいた女子の名前を使った。無論警戒されないためである。

「お坊ちゃんはまだ大学から帰っておりませんが」

母親がお坊ちゃんと呼ぶことはないからどうやらこの声はお手伝いさんのようだ。

「そうですか、分かりました。では結構です。失礼します」

私は脇坂宅から少し離れ、電信柱に隠れて顔を出し、脇坂が大学から帰ってくるのを待った。

脇坂は現在東大の法学部に在籍している。どうやら弁護士を目指しているらしい。そんなこと知りたくもなかったが、近くに住んでいるといやでも情報が耳に入ってくるのだ。

私に対してあれほど酷いいじめをしていた奴が弁護士を目指しているというから笑える。

お前なんかが正義面《づら》するな、と私は脳裏に浮かぶ脇坂に言った。お前のせいで私は暗い学校生活を送ったんだ……。

私は小学一年の時からいじめを受け始めたが主犯がその脇坂だった。脇坂はクラスのリーダーで、バイオリンをやっていた私のことが気に入らなくて、クラス全員にいじめを指示した。

それから私は毎日死ねとかブスとか罵声《ばせい》を浴びせられ、暴力を振るわれた。脇坂は特に酷かった。身体中に痣ができるほど殴られた時もあった。それでも脇坂は謝るどころかいじめは更にエスカレートしていった。

私は毎日脇坂を憎み、地獄へ堕ちろと呪った。だが脇坂には天罰が下るどころか、クラス全員から慕われ、教師から信頼され、成績は常に学年トップで、私とは正反対の学校生活を送った。

中学に上がっても脇坂のいじめは止まらなかった。もしかしたら奴は本気で私を自殺させようとしていたのかもしれない。

そんな奴が東京一優秀な高校に進学し、現在は東京大学の法学部にいる……。

真理乃様に出会ってからは脇坂のことなんてどうでもよくなったが、思い出すとやはり怒りがこみ上げてくる。脇坂がいなければ私はあんな辛い思いをしなくてすんだ。人をあそこまで苦しめた奴が順風満帆な人生を送るのは許せない。

私は紙袋の中に忍ばせてある血のついたナイフに視線を落とした。

脇坂早く帰ってこい。お前もノブと同じようにしてやるから。

私は脇坂が帰ってくるのが夜中になろうが、朝になろうが、仮に一週間後になろうが、目的を果たすまでここを離れるつもりはない。奴の人生を崩壊させて、私の復讐計画は全て終了である……。

脇坂は案外早く私の前に姿を現した。待ち始めてからおよそ一時間半後のことだった。

黒いロングコートに身を包み、右手には革の鞄《かばん》を提げている。表情は自信に満ちあふれ、颯爽《さっそう》と歩いてくる。何だか偉そうな感じだった。東大の法学部というだけですでに弁護士になったつもりでいるのかもしれない。

私は駆け足で脇坂の元に向かった。突然私が目の前で止まったものだから脇坂は声を出して驚いた。

「な、何ですか？」

「久しぶりね、脇坂くん」

私が顔を見せても脇坂はすぐには気づかなかった。眉間《みけん》に皺《しわ》を寄せ私の顔をじっと見ている。昔と変わらず私の大嫌いなイグアナに似ていた。

「もしかして白川？」

頷くと脇坂は心底嫌そうな顔をした。

「うわあ、最悪な奴に会っちまったな」

「久しぶり」

「何が久しぶりだよ。気安く声かけてきてんじゃねえよ。お前はそんな身分じゃねえんだよ」

脇坂はそう言うと、私の右手にあるバイオリンを見た。

「お前まだバイオリンやってんのかよ」

「ええ」

「ブスがバイオリンやるなって言ったろ。似合わねえんだよ」

「脇坂くんは弁護士を目指しているそうね」

「は？　だから何だよ。てゆうかお前と話してる暇ねえんだ。さっさとどけ」

脇坂は手で払った。私が動かずにいると、舌打ちして自分でよけた。でもすぐに私は脇坂の前に立った。

「何だよお前。気持ちわりいんだよ」

「今日はね、あなたの最後の日だから特別に私が演奏してあげるわ」

「は？　何わけの分からねえこと言ってんだお前」

私はケースからバイオリンを取り出して構えた。

「おいおい、とうとう頭いかれたかよ」

私はエルガーの『愛のあいさつ』を弾いた。

脇坂、この曲憶えている？　休み時間に体育館裏でこの曲を練習していたらお前が仲間と一緒にやってきて、お前は私からバイオリンを取り上げると、耳障りなんだよって言いながら私の手をぐりぐりと踏んづけたよね。私が泣いても叫んでもお前はやめなかった。あのせいで私はしばらくバイオリンを弾けなくなったんだ。その時の私の気持ちなんて考えもしなかったろうね。お前はただ笑っているだけだったもんね。

あの出来事から十年近く経ったけど、どう？　久しぶりの私の演奏。あの頃より格段に上達してるはずだけどあなたにはやはり耳障りかしら。全く真剣に聴いていないわね。

「いい加減うぜえんだよ！　何なんだテメエはよ！」

脇坂は顔を近づけて吠えた。それでも私は構わずバイオリンを弾き続けた。

「付き合ってられるか」

脇坂はそう言って自宅に歩いていった。

私はそこで曲を中断した。

どいつもこいつもどうして最後まで演奏を聴けないんだろうね。自分の最後の曲だっていうのに。

私は紙袋から包丁を取り出し脇坂を追った。そして後ろから摑んで首を掻き切った。

その瞬間、大量の血が門や壁に飛び散った。脇坂は呻《うめ》き声をもらしながらその場に倒れた。私は苦しむ脇坂を見て楽しんだ後、胸ぐらを摑んだ。

「最後に私に何か言いたいことある？」

脇坂は金魚みたいに口をパクパクさせて、小さな声で、

「殺すぞ」

と言った。虫の息の人間が殺すぞなんて言うものだから私は思わず笑ってしまった。

「面白いことを言うわね」

私は手を離して、脇坂の心臓に包丁を向けた。

「痛いでしょう？　苦しいでしょう？　あなたも私を痛めつけたの。苦しめたのよ」

でもその言葉はもう脇坂には届いていないだろう。ノブみたいにピクピクしだした。まるで死にかけの魚みたいだった。

「可哀相だから楽にさせてあげるわ」

私は脇坂の心臓に包丁を突き立てた。その一撃で動きが完全に停止した。私はナイフを抜いて立ち上がり脇坂の死体を見下ろした。脇坂の見開かれた目は私を憎むように見ていた。

私はバイオリンをケースにしまい、包丁は紙袋には入れず、手に持ったままその場を去った。

真理乃様、これで私の復讐は全て終わりました。長い時間お一人にしてしまってすみません。でもまだすぐにはそちらへは行けないのです。もう少しだけ私にお時間をください。

私はそのまま「袖山楽器店」に向かい、ショーウインドウに飾られている君に、

「来たよ」

と声をかけて店内に入った。

店主は白い髭《ひげ》を生やした老人だった。年の頃六十代後半だろう。背は低く華奢《きゃしゃ》で、見るからに気弱そうだった。

店主は機嫌がいいのか鼻歌を歌いながらトランペットを磨いていたが、私の姿を見た瞬間飛び跳ねるように立ち上がって両手を上げた。

「命だけは……」

まだ何もしていないのに、店主は泣きそうな声でそう言った。右手の包丁は勿論血のついた洋服が店主に死を予感させたに違いなかった。

私は店主の元に歩み寄り、レジ棚に包丁の柄を叩きつけた。

「ショーウインドウに飾られている『タイス』を持ってきなさい」

店主は金を要求されると思っていたはずだ。なのに私が『バイオリン』を持ってこいと命令したものだから、一瞬戸惑いの表情を見せた。だがすぐに店主は現金を渡すよりもショーウインドウに飾られている『君』を持っていかれる方が店にとって何十倍もの損害を

被ることに気がついたはずだ。

ちょうどその時壁に設置されている大型スクリーンからノブたちが殺害されたというニュースが速報で流れた。アナウンサーは事件の詳細を伝えた後犯人の特徴を読み上げていった。店主はそれを聞きすぐに私がノブたちを殺した殺人犯であることに気がついたようだった。店主は死を覚悟したように目を強く閉じた。

「何してるの！　早く持ってきなさい！」

私が叫ぶと店主は恐怖に戦《おのの》きながらショーウインドウに向かい鍵を開けた。

『君』は狭い空間からやっと抜け出し私の目の前にやってきた。

目を奪われるほどの素晴らしいフォルム。美しい輝き。私は興奮を抑えられなかった。

「こ、この商品でよろしいでしょうか」

私はナイフを脇に挟んで君をそっと抱きしめた。こうして君を手にする日を私はどれだけ夢見たか。

私は君を優しく撫でた。

ごめん、君の前で乱暴なことをしてしまって。君はとても高価で私には雲の上の存在だからこうするしかなかったんだ。

理由は二つある。まず一つは真理乃様に君の音色を聴かせてあげたかったから。もう一つは君の音色で最期を飾りたかったからだよ。

一緒に来てくれるよね？

いいよ。私は君がそう答えてくれたような気がした。

「じゃあ、行こうか」

私は古いバイオリンを出して君をケースにしまった。

私は最後、店主に軽く頭を下げて、店を後にした。そして君を胸に抱えながら、成城学園前駅に歩を進めた。

真理乃様、これでやっと私はあなたのところへ行けます。これから『友』と一緒にそちらへ向かいます……。

12

静岡県御殿場駅に着いた私はバスに乗り換え、一時間後小山町に到着した。バスを降りた私は人も車もほとんど通らない真っ暗な道を何キロも歩き、真理乃様が眠られている山に着いた。しかしまだまだ長い道のりである。

私は山を登り始めた。息が苦しくても足に豆ができても休むことなくひたすら山を登り続けた。

やっとの思いで真理乃様の元へ戻ってきた私は途端に目眩《めまい》がして地面に崩れ落ちた。

私はすぐに起きあがって土を掘り起こし、真理乃様のお身体をそっと抱き上げ、冷えた全身を温めてあげた。

私は真理乃様のお顔についた土を丁寧に払いながら心の中でお声をかけた。

真理乃様、只今戻って参りました。長い時間お一人にしてしまいすみませんでした。もう寂しい思いはさせませんから。

私は真理乃様のお身体を寝かせてケースを開いた。

真理乃様、今日は私の友を連れて参りました。どうしても最期に友の音色を聴かせてさしあげたかったのです。どうぞこれから私たちの演奏を聴いてください。

私は立ち上がり、君に頬をあてて、

「よろしく」

と声をかけた。それから一つ深呼吸して、君にそっと弓をあてた。

私は真理乃様を見つめながら演奏を開始した。一つ目の音を出したその瞬間、私の全身は熱を帯び、胸が震えた。君が想像以上に素晴らしい音を出したからだ。私はもっともっと君の個性を生かしたくて、自分なりに工夫して音を表現した。すると君はとても嬉しそうな音色を奏でてくれた。私は君に微笑みかけた。

真っ暗闇の山林に、バッハの『G線上のアリア』が響き渡る。

真理乃様、私は最後、あなたと湯川さんが大好きだった曲を選ばせていただきました。喜んでいただけているでしょうか。

私の友の音色はどうですか？　とても美しいでしょう。きっと満足していただけていると思います。

目を閉じると真理乃様が優雅に指揮をなされているのが浮かんだ。隣には湯川さんもいる。お二人とも私に優しく微笑んでくださった。

これが現実ならどれほど幸せだろうと私は思った。

私は真理乃様の指揮を思い浮かべながら過去を振り返り、そして心の中で様々な思いを告げた。

真理乃様、私はあなたと活動していた頃は自分で自分の最期を演出することになるなんて想像すらしておりませんでした。無論、長い獄中生活が嫌だから死ぬのではありません。あなたの死を見た時に、決めたのです。

あなたのいない人生なんて私には耐えられないし、生きるのが無意味だと思うからです。今まで何人かの自殺志願者を見てきましたが、初めて彼らの痛みが分かりました。

あなたは私の全てでした。私は生まれてからずっと生き甲斐のない暗い人生を歩んできましたが、あなたがそれを変えてくれたのです。あなたと出会ってからはそれはもう夢のような日々でした。あなたは私の恩人です。あなたとの出会い、そして一緒に過ごさせていただいた日々は私の一番の宝物です。

私はあなたに常日頃から恩返しをしたいと考えておりましたが、とうとうそれもできませんでした。ごめんなさい……。

思えば、レーヴ・ポステュムに入れていただいてからまだ半年も経っていないのですね。まさかこんなにも早く別れることになるなんて……。

私はもっともっとあなたと一緒に演奏をしたかった。もっともっとあなたのことを知りたかった。私は悲しいことにあなたのことはほとんど知りません。お誕生日すら分からないのです。

いつの日かあなたはこう仰いましたね。

『大学を卒業したらやりたい夢がある』と。

その夢が何だったのか、せめてそれだけは聞いておきたかったと思います。音楽が大好きなあなたですから、きっと音楽関係の仕事だったに違いないんでしょうね。

植田がいなければあなたはその夢を叶えたでしょうに。植田は一体なぜあなたや今井たちを殺したのか。それは最後まで分かりませんでした。あなたは無念だったでしょう。私はあの女が憎くて仕方ありません。あなたを助けてさしあげられなかった自分に心底腹が立ちます。植田がいなければあなたはいつか普段の状態に戻られて、私にまた優しい笑顔を見せてくれたでしょうし、また一緒に演奏させていただける日が来たはずなのに。

そう思うと悔しくて悔しくて……。

いや、もうそういう風に考えるのはやめます。後悔したからといって、あの日々に戻れるわけではありません。辛い気持ちになるだけです。

真理乃様、私はもう嫌なこと、辛い過去は全て忘れ、こういう時だからこそ明るい『将来』のみ考えることにします。そうでないと私たち救われないじゃないですか。

突然ですが真理乃様は、人は死んだ後どうなるとお考えでしょうか？

今まで私は死んだら天国に行くとか、生まれ変われるとか、そういう『死後の世界』は全く信じておりませんでした。生まれ変われるだなんて弱い人間の考えることだ、とさえ思っていたのです。

死んだら意識も記憶も全てなくなって、灰になってそれで終わりだと決めつけていました。

でも今はそうではないと私は思っています。

死ぬ直前に考え方を変えるなんて都合がよすぎるかもしれませんが、私は信じてみようと思うのです。生まれ変わって、またあなたと出会い、演奏できることを。

もちろんその時は白川琴音ではなく別の人間になっているでしょうし、小野真理乃という名前やレーヴ・ポステュムのことも全て忘れ去ってしまっているでしょう。あなたも同様です。それはとても悲しいことですが、生まれ変わって新しい真理乃様とまた一緒に演奏できるならそれでいい。

お互い前世の記憶はなくても、本能でまた音楽を選ぶと思います。そして必ずどこかで再会できると信じています。

それが五年、十年、いや仮に百年後になろうと私は構わない。私はその日が来るのを楽しみにして、今から死にます……。

『G線上のアリア』を弾き終えた私はゆっくりと君を下ろし、瞼《まぶた》を開いた。

真理乃様、私の最後の演奏はいかがだったでしょうか。私の友のおかげもあり、私は今までで一番上手く弾けたのではないかと思っています。誉めていただけたら最高に幸せです。

私はケースの蓋を開け、君をそっと中に入れ、最後の言葉を贈った。

今日は一緒に来てくれてどうもありがとう。君と演奏ができて本当に嬉しかった。とても素晴らしい音色だったよ。

君は私と初めて会った時のことを憶えている？　私は昨日のことのように憶えているよ。私は出会った瞬間、君と一緒に真理乃様のところへ行きたいって夢を描いた。でも私にとって君は雲の上の存在だから、現実には無理だろうなって思っていたんだ。けど死ぬ前に夢が叶ってよかった。

君のおかげで私は最高の演奏ができました。君と演奏した思い出も大事な宝物だよ。本当にありがとう。君も、私の最期を見守っていてください。

私はケースの蓋を閉めた後、真理乃様のお顔に再び視線を戻した。

真理乃様、『白川琴音』はここで終わります。来世で会えるのを楽しみにしております。もしかしたら真理乃様はもうすでに湯川さんと再会されているかもしれませんね。そう思うと気が逸ります。是非ともまたお二人で音楽グループを作ってください。私が生まれ変わって、お二人と出会えた時は誘ってくださいね。

私は紙袋から包丁を取り出し、自分の喉元に向けた。

真理乃様、では私もそろそろ逝きます。

私みたいな暗い女に夢のような日々を与えてくださり本当にありがとうございました。来世で必ず恩返しさせていただきます。

私は真理乃様の右手を強く握りしめた。そして真理乃様のお顔を見つめながら、自分の喉元に包丁を突き刺した。その瞬間全身に強い痛みが走り、首筋に温かい血が流れた。

私は段々力が抜けていき、真理乃様の横に倒れた。

意識が朦朧とし始めた時、私は真理乃様が優雅に指揮をされているお姿を見た。

美しい。私はそう口を動かした。

私はいつまでも見ていたいと思った。しかしその幻覚はすぐに消え、やがて目の前にいらっしゃる真理乃様のお姿も視界から消えた。でも私は、最後の最後まで真理乃様の手は離さなかった。

真理乃様、私の最期はどうでしたか。

私は美しくて良い死に方ができたと思っております。

真理乃様のお傍で死ねた私は幸せです……。

エピローグ

命を絶った翌日、私と真理乃様の遺体は登山に訪れた男性によって発見され、警察で検視を受けてから、自宅に戻ってきた。

その二日後葬式が行われたのだが、殺人者の葬式だから弔問に訪れるのは親戚ばかりで斎場を取り囲む報道陣の数の方が多かった。

するとそこに真澄さん、あなたが車椅子でやってきた。私は真澄さんが来てくれたことに嬉しさを感じていたのだが、あなたはお焼香を済ませてもなぜかその場を動こうとせず、しかし遺影を見つめているわけでもなく、急に挙動不審になったと思ったら、棺の中で眠る私の姿をいきなりデジタルカメラで撮り始めた。一枚目は私の家族を気にしながらだったがその後は夢中だった。

死体の写真を何枚も撮るその姿は植田とまるで同じだった。上から見ていた私は、真澄さんが突然どうかしてしまった、と一瞬混乱したが、すぐに『全ての真実』を知った。

死んで生まれ変わるどころかあの世にすら行けず、まだこの世を彷徨《さまよ》い続けている私は、現世の人間を見ると、その人の性格や現在の感情、そしてもっと知ろうとすれば過去までも見ることができるようになっていた。真澄さん、あなたは天使のような顔して、実は悪魔のような人だったんですね。

あなたが植田に真理乃様たちを殺すよう指示した事実を知った私は、怒りやショックを通り越して怖くなりました。

あなたの計画だったなんて信じたくありませんが、でもそれが事実なのですね。

私は今、あなたと植田の関係を見ています。植田はあなたの言いなりだった……。

どうやら植田はあなたに初めて会った時から恋心を抱いていて、湯川さんが亡くなってからは週に何度も足を運んで、あなたのお相手やお世話をしていたのですね。真理乃様は教えてくださらなかったし、あなたも植田も一切そんな素振りは見せませんでしたから私は全く分かりませんでしたよ。

植田は心底あなたのことを想っていたようですが、あなたは植田を奴隷のようにしか思っていなかった。少しでも気に入らないことがあると、顔を引っぱたくこともあったようですね。

最低なのは、植田の気持ちを知っていながら彼女を利用していたことです。

それでも植田は大好きなあなたのために何でもした。あなたに嫌われるのがよほど怖かったのでしょう。

あなたは植田から、真理乃様が自殺志願者を殺したことやレーヴ・ポステュムが崩壊したことを聞くと、私たち五人を殺すよう命令しました。植田は逆らうことなく実行に移した……。

ではなぜ、あなたは植田に真理乃様たちを殺させたのか……。

あなたはアニメ等のトレカやシールを集めるのが趣味でしたね。部屋に何十冊ものファイルがあったのを憶えています。

あなたはそれだけではなく、実は死体の写真も集めていて、本当はそれが一番の楽しみだった。植田はいつも死体の写真を撮っていましたが、あれは彼女の趣味ではなく、あなたの命令だったんですね。

湯川さんが生きていた頃は、湯川さんが写真を撮っていたようですね。あなたからお兄さんに、死体の写真を集めてみたいんだとお願いした。でも湯川さんが亡くなって、写真が手に入らなくなってしまうと、今度はあなたに好意を持っている植田に命令した――。だから植田はあんなにも必死に写真を撮っていたんですね。

あなたは一冊のアルバムに死体の写真をコレクションしていました。

一年半以上の年月をかけ、そのアルバムはとうとうあと『五枚』でコンプリートするところまできた。でもレーヴ・ポステュムが崩壊してしまったために死体の写真を手に入れる手段がなくなってしまった。

あなたと初めて会った時、あなたはこう仰いましたね。

『一度集めだしたらコンプリートしないと気が済まない性格』だと。

死体の写真集も例外ではなかった。あなたはどうしても死体の写真集を完成させたかった。あと五枚が絶対に必要だったんです。

あなたはそこでとんでもない計画を思いついた。最後はレーヴ・ポステュムのメンバー五人の写真を撮って、写真集を完成させたいと。知らない人間の写真で完成するより、真理乃様たちで完成させた方がコレクションとしては最高だと。

あなたはそんな欲望のために、真理乃様たちの命を犠牲にしたんです。

私は最初それを知った時、一つ腑に落ちないことがありました。

なぜ私が最後だったのか、ということです。特に理由はなくて、植田が適当に順番を決めただけなのかと思いましたが、それもあなたの命令でした。

あなたは私の写真を最後にコレクションしたかったのですね。

私はあなたの気持ちを今知ったのですが、到底信じられませんでした。

だってあなたが、こんな醜い私に特別な感情を持つなんて……いや、正確には私の手ですね。初めて会った時、私の手の形と指に美しさを感じて、胸を熱くし、私に興味を抱いたんですね。

私の手が美しいだなんて、真理乃様にも言われたことはありませんでした。真理乃様ですら気づかなかったことです。

でもそう言われてみると、私は『手だけ』は綺麗かもしれません。バイオリンは手が命だし、演奏中よく見られるから、気を遣ってクリームを塗ったりとかはしていました。でもその程度です。特別な手入れはしてきませんでした。

あなたはただそれだけのことで、私に特別な感情を抱いたのです。もっと近くで見てみたい。できれば触れてみたいと思っていたのですね。私はそれを知ってゾッとしました。手に興味を抱くなんて気持ち悪すぎる……。

当然植田は面白くなかったでしょう。自分の愛している人が、私に興味を抱いたから、植田はますます私を恨むようになったんです。

いつしか植田が私と一緒に写真を撮りたいと言ってきたことがありましたが、それもあなたの命令でした。でも写真を持ってきた植田にあなたは激怒しました。

なぜならその写真には私たちの顔しか映っておらず、私の手は切れていたからです。

植田はあなたに引っぱたかれた瞬間、私に殺意を抱いた。だから植田は私を殺す前にあんなことを言ったのですね。

「私はお前のせいでどんなに辛い思いをしたか」と。

計画は順調に進み、レーヴ・ポステュムのメンバーの写真が手に入るたび、あなたは興奮しました。あと四枚、あと三枚と数えるあなたの姿も見えます。

でも最後の最後で計算が狂った。湯川さんのお墓の前に、いないはずの私がいたから動揺したでしょう。そこであなたは植田が私を殺し損ねたのを知り、内心、植田に対して怒りが燃え上がっていました。

あなたは何としても私の写真が欲しかった。でも良案が浮かばず諦めかけていた時、私が死んだのを知ったんです。あなたの興奮は最高潮に達し、神にお礼まで言って今日ここへやってきた……。

真澄さん、私はあなたを絶対に許しません。

私を殺すのは構わない。私の死体の写真が撮りたければ何枚だって撮らせてあげます。

でも真理乃様だけは殺してはならない人だったのではないですか。

真理乃様はあなたのお兄さんが愛した人です。お兄さんが死んだ後も、真理乃様は身体の弱いあなたを気遣って、あんなによくしてくれていたではないですか。なのにあなたはその恩を忘れたのですか。あなたは真理乃様とお兄さんの想いを無視して、自分の欲望のためだけに大事な人を殺したんです！

あなたのために献身的に努めてきた真理乃様がお可哀想です。真理乃様と湯川さんに謝れ謝れ謝れ謝れ！

あなたには少しも人の心がないのですか。

あるはずがないですね。少しでも人の心を持っていれば、真理乃様たちを殺す計画なんて思い浮かぶはずがないし、まだ遺体が見つかっていない植田のことを心配するはずだし、遺体の写真を撮る時、こんな嬉しい顔をするはずがない……。


あなたはこの時、私の顔を一枚、全身を三枚、そしてお目当ての手の写真を七枚も撮って斎場を出て行き、自宅に戻ってパソコンに画像を取り込み、プリンターでプリントアウトしてから、机の上にあるアルバムを手に取った。

アルバムの最後には真理乃様たちの写真が挟まれており、その下には日付まで書かれている。

あなたは斎場で撮った十一枚の写真を並べ、手の角度や光の当たり具合を何度も見ては吟味し、どれにしようか一時間以上も迷った。写真を見ては、感動し、狂笑し、苦悶《くもん》し、最後には写真は指紋でベタベタになっていた。

真澄さん、あなたは気配すら感じていないようですが私は隣でずっとあなたの首を絞め続けているんですよ。

あなたは結局私の顔と手が一番綺麗に写っている写真を選び、丁寧にビニール袋の中に

入れると、

「コンプリートだ」

と感動した声で言って、アルバムを閉じた……。

私はこの直後、愕然とした。アルバムをキュリオケースにしまったと思ったら、あなたがすでに次の『収集』を考え始めたからだ。

何人もの犠牲者を出してやっと完成させた写真集なのに、コンプリートした瞬間熱が冷めてしまうだなんて。人の命を、私の心を、玩具《おもちゃ》みたいに扱っておきながら、揃ったら興味を失い、しまったままにしてしまうだなんて。

私はあなたにますます怒りが湧いた。この男、どう地獄に突き落としてやろうか……。

真澄さん、私は生まれ変わる瞬間まであなたの隣に立ち、あなたを呪い続けます……。

この作品は書き下ろしです。
原稿枚数262枚（400字詰め）。
JASRAC　出0906610-901

〈著者紹介〉
1981年東京都生まれ。2001年のデビュー作『リアル鬼ごっこ』は、発売直後から口コミで評判を呼び、現在累計100万部を超える大ベストセラーとなり、映画化も実現。その後も『親指さがし』『パズル』『×ゲーム』『特別法第001条DUST』『魔界の塔』『その時までサヨナラ』『モニタールーム』『ニホンブンレツ』など快調なペースで作品を発表。若い世代の絶大な支持を得ている。

GENTOSHA

自殺プロデュース
2009年6月25日 第1刷発行

著　者　山田悠介
発行者　見城 徹

発行所　株式会社 幻冬舎
〒151-0051 東京都渋谷区千駄ヶ谷4-9-7

電話:03(5411)6211(編集)
03(5411)6222(営業)
振替:00120-8-767643
印刷・製本所:中央精版印刷株式会社

検印廃止

ISBN978-4-344-01684-2 C0093
幻冬舎ホームページアドレス http://www.gentosha.co.jp/

この本に関するご意見・ご感想をメールでお寄せいただく場合は、
comment@gentosha.co.jpまで。